中國文史經典講堂

元曲選評

中國文史經典講堂

元曲選評

編選單位 中國社會科學院文學研究所

主編 楊義　副主編 劉躍進

選注・譯評 鄧紹基 王菊艷

責任編輯　　崔　衡
裝幀設計　　鍾文君

書　　名　中國文史經典講堂・元曲選評
編選單位　中國社會科學院文學研究所
主　　編　楊　義
副 主 編　劉躍進
選注・譯評　鄧紹基 王菊艷
出　　版　三聯書店（香港）有限公司
　　　　　香港鰂魚涌英皇道 1065 號 1304 室
　　　　　JOINT PUBLISHING (H.K.) CO., LTD.
　　　　　Rm. 1304, 1065 King's Road, Quarry Bay, Hong Kong
發　　行　香港聯合書刊物流有限公司
　　　　　香港新界大埔汀麗路 36 號 3 字樓
　　　　　SUP PUBLISHING LOGISTICS (HK) LTD.
　　　　　3/F., 36 Ting Lai Road, Tai Po, N.T., Hong Kong
印　　刷　深圳中華商務安全印務股份有限公司
　　　　　深圳市龍崗區平湖鎮萬福工業區
版　　次　2006 年 6 月香港第一版第一次印刷
規　　格　大 32 開（140 × 210mm）232 面
國際書號　ISBN-13: 978 · 962 · 04 · 2570 · 7
　　　　　ISBN-10: 962 · 04 · 2570 · 7
　　　　　© 2006 Joint Publishing (H.K.) Co., Ltd.
　　　　　Published in Hong Kong

主編的話

　　中國正在經歷着巨大的變革，已經成為全世界矚目的焦點；中華民族創造的輝煌文化也日益顯現出它的奪目光彩。華夏五千年文明，就是我們民族生生不已的活水源頭，就是我們民族卓然獨立的自下而上之根。

　　"問渠哪得清如許，為有源頭活水來。"

　　為探尋這活水源頭，為培植這生存之根，中國社會科學院文學研究所成立五十多年來，一直把文化普及工作放在相當重要的位置，並為此做了大量的、卓有成效的工作。早在二十世紀五六十年代，文學研究所就集中智慧，着手編纂《文學概論》、《中國少數民族文學史》、《中國文學史》、《中國現代文學史》等通論性的論著。與此同時，像余冠英先生的《樂府詩選》(1953年出版)、《三曹詩選》(1956年出版)、《漢魏六朝詩選》(1958年出版)，王伯祥先生的《史記選》(1957年出版)，錢鍾書先生的《宋詩選注》(1958年出版)，俞平伯先生的《唐宋詞選釋》(初名《唐宋詞選》，1962年內部印行，1978年正式出版)，以及在他們主持下編選的《唐詩選》等大專家編寫的文學讀本也先後問世，印行數十萬冊，在社會上產生了廣泛而又深遠的影響。進入新的時期，文學研究所秉承傳統，又陸續編選了《古今文學名篇》、《唐宋名篇》、《台灣愛國詩鑒》等，並在修訂《不怕鬼的故事》的基礎上新編《不信神的故事》等，贏得了各個方面的讚譽。

　　擺在讀者面前的這套"中國文史經典講堂"依然是這項工

作的延續。其編選者有年逾古稀的著名學者，也有風華正茂的年輕博士，更多的是中青年科研骨幹。我們希望通過這樣一項有意義的文化普及工作，在傳播優秀的傳統文學知識的同時，能夠讓廣大讀者從中體味到我們這個民族美好心靈的底蘊。我們誠摯地期待着廣大讀者的批評指正。

目　錄

陳 英

奧敦周卿

關漢卿

高文秀

白　樸

姚　燧

馬致遠

喬 吉

阿魯威

薛昂夫

秦簡夫

張可久

徐再思

曹　德

張鳴善

周德清

周　浩

楊維楨

前　言

　　元曲的發生與興盛，是繼宋詞以後的又一次雜言體詩歌大繁榮的重要標誌，在中國詩歌史上佔有重要地位。

　　中國是一個詩的國度，詩歌創作源遠流長。從詩的體裁看，原有齊言和雜言的區別，在唐代中葉以前，最初是詩經、樂府和古近體詩，句式由四言到五言到七言，是詩歌體裁變化的主要路徑，雜言體裁也曾出現並在發展，卻不曾獲得主要的位置。中唐以後，作為長短句（即雜言）形式的詞開始出現並漸趨繁盛，到宋代彙成大國，這在中國文學史上是具有重要意義的事情。如果說唐人創造和完成了七言古詩、五七言近體詩（絕句和律詩）這樣一些齊言詩形式，從而作出了傑出貢獻，宋人則在作為雜言形式的詞（長短句）的創造和完備上作出了傑出貢獻。

　　散曲的形式同詞一樣都以長短句組合成體，有人把散曲稱做"詞餘"，如果解釋為詞的剩義或餘緒，那就並不恰當，因為散曲有自己獨特的體制和與詞不同的風格特色。不過散曲與詞也確實有一定的淵源關係。曲與詞都是倚聲填辭的詩歌形式，從音樂上可以找到詞與曲的淵源關係。據《中原音韻》所記，曲有十二宮三百三十五個曲調。出自唐宋詞調的七十五調，大致可分為三類：曲牌與詞牌全同，如[人月圓]、[黑漆弩]；曲牌與詞牌名雖同，實際形式不同，如[六么令]、[醉太平]；此外，還有一種情況，即曲牌雖與詞牌名稱不同，然而形式卻相同，如[雙鴛鴦]即詞之[合歡曲]，[閨金經]即詞之[梅邊]。這些都可以看到曲和詞有一定演化關係的痕跡。

散曲始起的時間，由於文獻缺乏，已難以確切考定，但從有關材料可以知道，曲牌中的[中呂·叫聲]，就是宋仁宗至和、嘉祐年間根據叫賣聲衍生的市井俚歌；[仙呂·太平令]是北宋末、南宋初時的曲調，民間藝人張五牛還據此撰為“賺曲”；[仙呂·撥不斷]也是宋時俚曲；[大石調·六國朝]則是北宋末汴京流傳的“番曲”之一。從中國古代詩歌發展來看，民歌俗謠對詩歌的內容和形式的影響是十分巨大的，宋、金時期在北方還湧現很具地方色彩的俗謠俚曲，還結合了進入中原的少數民族的音樂，因而更有新的特色。此外，在宋代已經產生的說唱形式——諸宮調、唱賺等對散曲也有影響，尤其是諸宮調，它對散曲格律的逐步嚴整，特別是對套曲形式的逐漸完備，有着重要影響。因此可以說，宋金之際是散曲的萌芽、成長時期。

到了金代後期，散曲已較為流行，使得有些文人開始承認它是一種新興的詩歌樣式，據生活在金元之際的劉祁《歸潛志》記載，金末哀宗時代，劉祁和王青雄論詩，說到“今之詩在俗間俚曲也，如所謂[沉土令]之類”，還說它們有“真情”而“蕩人血氣”。大致是在金末，元好問等作家開始創作散曲。到了元代，散曲大盛，文人寫作散曲就成為相當普遍的現象。據不完全統計，元代散曲今存小令三千八百多首，套曲四百七十餘套，現知散曲作家約二百餘人。小令指單支曲子，它的體制與宋詞最為相似。套曲是一種合同宮調的數支曲所組成的格式，曲牌的數量多少不一，但全套必須同押一韻。

作為長短句雜言體的曲，雖然也是按譜填字，但較之詞的長短句形式更有變異，除了句式自一字句至九字句多有參差變化外，還可使用襯字，實際上起着句法更為多變的作用。如關漢卿[南呂·

一枝花]套曲[尾]中的首句："我是個蒸不爛煮不熟搥不扁炒不爆響璫璫一粒銅豌豆"，按格律此句應是七字句，其中卻以"蒸不爛"等五個短詞共十六個字作襯字，形容銅豌豆，純用口語，富有感情色彩。從音樂的角度說，無論七個字還是二十三個字，樂曲不會變，七個字就相對唱得緩慢，加進的十六個襯字就必須唱來急促有力，更顯鏗鏘。因此散曲中襯字的運用，要比詩、詞整而不化的句式更符合詩歌語體化，即詩歌語言接近口語的趨向。

曲與詩詞還有一個重要的不同，曲韻基本遵循的是當時北方話的音韻。唐宋時代人寫詩，無論遵照《切韻》、《廣韻》和《禮部韻略》，基本上屬一個系統，詞韻比詩韻顯得寬些，但它們與生活實際中的語音已有距離，在不同的程度上脫離了語言發展的實際。元代曲學家周德清從曲作實際出發，總結了當時中原一帶語音的變化，寫出《中原音韻》一書，共分十九個韻部，四個聲調。平聲分陰陽，上、去聲不分陰陽，是為陰平聲、陽平聲、上聲和去聲，入聲派入平、上、去三聲。《中原音韻》對聲韻的梳理和論述，既是對曲作實踐的歸納，同時又是規範化的總結。

明人研究宋詞，有豪放派與婉約派的區分，近人研究元曲，有豪放、清麗之分。一般認為，豪放派以馬致遠稱首，包括馮子振、張養浩、貫雲石、楊朝英、鍾嗣成等人；清麗派以張可久為魁，包括白樸、盧摯、喬吉、徐再思、任昱等人。豪放派超逸雋爽，清麗派雅麗和婉；豪放派多用口語，本色語，少用典實，而清麗派則重煉字煉句，喜用故實，講究含蓄蘊藉。例如：

　　［雙調·清江引］

　　東籬本是風月主，晚節園林趣。一枕葫蘆架，幾行垂楊樹。是搭兒快活閒住處。

—— 馬致遠

［雙調・殿前歡］

怕人嫌，休官歸去効陶潛。山房幸有猿鶴佔。試捲疏簾，池邊翠蘚黏，屋角垂楊苫，山色揉藍染。閒花點點，涼月纖纖。

—— 張可久

同是寫歸田隱居，馬致遠之曲顯得豪放飄逸，曲中對仗句也自然流暢。而張可久小令的文字於清通中求雅麗，表現出清麗的特色，對仗句使人有刻意之感。兩曲風格迥然有異。

對某個時期文學作品藝術風格、流派的區分，常常只能是就大致情況而言，也就不可能把一個個作家都恰如其分地納入這種區分中，有的作家的作品表現出多種藝術風格，也是常見的現象。正如豪放派詞人也有婉約之作一樣，散曲作家也有類似現象。因此以豪放、清麗來概括元散曲的風格流派只能是一種大致的區分。

自元代開始，就有唐詩、宋詞、元曲並稱的說法，元泰定年間（1324-1327），羅宗信為周德清《中原音韻》所作序文中說："世之共稱唐詩、宋詞、大元樂府，誠哉"。這裏所說"大元樂府"即指元曲。《中原音韻》中嘗例舉作品，用來說明曲律規則，這類例曲中既有散曲也有劇曲。從羅宗信序文看，他所說的"樂府"主要指散曲，但也包括劇曲。所謂劇曲是指元雜劇中的曲子，元雜劇是一種戲曲形式，但它的歌唱部分也就是劇曲的格式，體制完全同於套曲，它一般分作四個部分，通常叫做四折，每折採用一個套曲，而雜劇作家中有不少人同時又是散曲作家。因此，後人使用"元曲"一語時，又往往是散曲和雜劇的合稱。由於雜劇的歌唱部分採用套曲，為了區分的方便，後人又把散曲中的套曲稱作散套。

本書沿用《中原音韻》的習慣，既選散曲，也酌量錄選劇曲，由本書體例決定，於散曲只選小令，於劇曲只選單支曲。

　　本書由王菊豔副教授與我合作完成，書中插圖，由鄧喬松副研究館員搜集並攝影，一併說明如上。

鄧紹基

2004 年 12 月 20 日

劉秉忠

[南呂] 乾荷葉

乾荷葉，色蒼蒼[1]，老柄[2]風搖蕩。減了清香，越添黃。都因昨夜一場霜，寂寞在秋江上。

注釋

1. 蒼蒼：指深青色。
2. 老柄：指敗荷乾枯的枝柄。

串講

乾枯的荷葉，深青的顏色有點晦暗，衰老的枝柄在秋風中不停地搖動。它已經消減了夏日的清香之氣，仔細地看，葉色還在轉黃。這一切都是因為昨夜的一場寒霜，才使它無限寂寞地飄動在蕭瑟清冷的秋江上。

評析

《乾荷葉》的曲名又稱《翠盤秋》，是劉秉忠的自度曲，由民間俗曲演變而來。這支小令描寫荷葉在深秋風霜的侵襲下，翠減香消的情態。小令先從荷葉的顏色與外形寫起，既寫其葉乾，又言其柄老；既有靜態，如"色蒼蒼"，又有動態，如"風搖蕩"。其中，"乾"、"老"二字形容得極為恰切。然後作者從嗅覺入手，言其"減了清香"，借此表達曲家內心的傷感與惆悵之情。"越添黃"與"色蒼蒼"呼應，寫荷葉顏色的變換，是時空推進的寫法，這裏作者為我們描繪了一幅秋江敗荷圖。最後兩句採用的是倒敘手法，在描寫荷葉生命無可挽回的衰敗中，也暗寓着作者對時光易逝、韶華難再和經歷仕途"風霜"的慨歎。

這首小令表達的是中國古典文學中常見的"悲秋"主題，它以語言的通俗明快見長，顯示了元散曲本色自然的藝術風格，使我們看到了元曲從民間歌曲變化而來的痕跡。其中如"乾"、"老"、"減"、"添"等字都很有表現力，語言近於口語但並不淡乎寡味。結尾"寂寞"一詞更是主客雙寫，寓情於景，將作家的主觀感情自然地融入物象之中，回味悠長，因此容易引起讀者感情的共鳴。

王和卿

［仙呂］　醉中天

詠大蝴蝶

> 彈破[1]莊周夢[2]，兩翅駕東風。三百座名園、一採一個空。誰道[3]風流種，唬殺[4]尋芳[5]的蜜蜂。輕輕飛動，把賣花人搧過橋東。

注釋

1. 彈破：掙脫、衝破之意。
2. 莊周夢：莊周，戰國時期的思想家，道家學派的代表人物。《莊子·齊物論》載，莊子夢見自己變成了蝴蝶，醒來感到疑惑：“不知周之夢為蝴蝶與？蝴蝶之夢為周與？”
3. 道：形容，描述。
4. 唬殺：嚇得很厲害。唬：即嚇。殺：用在動詞後，表示程度很深。
5. 尋芳：採花。

串講

　　掙脫了莊子夢境的一隻巨大蝴蝶，兩隻翅膀乘着東風而飛起，如騰雲駕霧一般，三百座名園的花朵都被它採光了。有誰能形容和描述這樣的風流種呢？它嚇壞了正在採花的蜜蜂。但見蝴蝶的翅膀只輕輕地一動，竟把賣花人搧過了橋東。

評析

　　這是元散曲中很有名的一首小令。王和卿以十分詼諧誇張的手法描繪了一隻巨大的蝴蝶，它有神奇的表現與不凡的來歷。我們彷彿看到，這隻蝴蝶乘風而起，竟能採盡三百座名園的花朵，不僅嚇壞了蜜蜂，又追逐着賣花人，還將他搧過了橋東。這隻奇異蝴蝶的經歷，令人驚愕。聯繫元代的社會現實，也許這隻“蝴蝶”已被賦予了某種象徵的意義。或認為“蝴蝶”一類的“風流種”指才華出眾、不拘禮法而有反抗性的人，或認為指元代那些慣於尋花問柳和仗勢欺人的“花花太歲”與“權豪勢要”。就藝術手法而言，此曲最大的特點是其新奇的想像與誇張，描寫近於荒誕，給人印象卻很深。明代著名曲論家王驥德《曲律》中說這首小令“只起一句，便知是大蝴蝶。下文勢如破竹，卻無一句不是俊語”，可見評價很高。

商　挺

［雙調］　潘妃曲

悶酒將來[1]剛剛咽，欲飲先澆奠[2]。頻[3]祝願，普天下心廝愛[4]早團圓。謝神天，教俺也頻頻的勤相見。

注釋

1. 將來：取來。
2. 澆奠：把酒潑灑在地上，以示祝願。
3. 頻：屢次。
4. 心廝愛：兩心相愛的人，指有情人。

串講

苦悶寂寞時拿來酒剛剛要喝，卻先把它潑灑在地上。多次虔誠地祈禱和祝願：但願天下所有真心相愛的伴侶，都能早日團圓。真誠地感謝神天，讓我也能常和自己的意中人見面。

評析

《潘妃曲》曲牌又名《步步嬌》，作者一共作了十九首，此曲為第十四首。曲意表達相思離別之情，曲中人是一位女子，也就是作者代女子立言。作品首先寫這位女子的動作：取酒、澆奠，然後寫其心理活動："頻祝願"、"謝神天"。這位女子非常善良，她希望在神和天的幫助下，所有相愛的人都能團圓，不再受相思之苦，這樣也會實現自己的心願，與意中人能常常相聚。

　　這篇作品從寫法來看，能將抒情主人公的心理變化展現出來，寫得富有層次，婉曲動人。散曲中表示"多次"、"反復"內涵的詞語三次出現，有"頻"、"頻頻"、"勤"，用來刻畫青年男女對愛情婚姻幸福的渴盼。正是這種刻畫，將這個多情而又善良的女性的內心世界，揭示得細緻而充分。

胡祗遹

［中呂］　陽春曲

春　景

　　殘花醞釀[1]蜂兒蜜，細雨調和燕子泥。綠窗[2]春睡覺來[3]遲。誰喚起？窗外曉鶯啼。

注釋

1. 醞釀：本指釀酒，此指蜜蜂釀蜜。
2. 綠窗：綠色紗窗，指女子居室。
3. 覺來：醒來。

串講

　　雖然春花已經開始凋謝，但蜜蜂仍在忙着採花釀蜜；雖然下着濛濛細雨，但燕子還在不停地忙着銜泥築巢。我在綠紗窗下春睡，醒來時間已遲。是誰把我從夢中喚醒的呢？原來是清晨歌唱的黃鶯。

評析

　　《春景》共三首，此為第二首。作品描繪了春天生機盎然的情景，抒發了作者的閒適喜悅之情。此曲有以下三個特點：

第一，善於列置組合春色物象。殘春時節，蜜蜂仍在忙碌，寫出了蜜蜂的勤勞；細雨霏霏，燕子還在做巢，春雨有助它調和泥土，讚美了雨的適時。"殘花"、"蜂兒"、"細雨"、"燕子"、"綠窗"、"曉鶯"，這一切都是春季特有的景象，作者把它們組合融和，意象逼人。第二，文辭雅緻，化用前人詩句貼切而自然。作者寫作視角富於變化，顯得十分靈活，"殘花"與"燕子"寫景一俯一仰，"綠窗"與"蜂兒"顯然一內一外，之後的"曉鶯啼"又是從聽覺寫來，因而使小令具有一種靈動之美。作者兩處化用前人的詩句意境，一是孟浩然《春曉》中的"春眠不覺曉"，一是金昌緒的《春怨》中的"打起黃鶯兒，莫教枝上啼"，都很貼切自然。第三，運用倒敘手法，詩筆更顯生動。"誰喚起？窗外曉鶯啼"一句，表明前面所寫"殘花"、"細雨"等等，乃作者醒後所見，後見之景寫在曲的開首部位，時間上有錯位，結構上為倒敘，其效果是使詩筆更顯生動。

王　惲

［越調］　平湖樂

採菱人語隔秋煙[1]，波靜如橫練[2]。入手[3]
風光莫流轉[4]，共留連。畫船一笑春風面。江山
信[5]美，終非吾土，問何日是歸年。

注釋

1. 秋煙：指秋日湖面上浮動着的如煙的輕霧。
2. 橫練：展開的白絹。練：白色的熟絹。
3. 入手：指到手，眼前的。
4. 流轉：此處指風景的變化、流走。
5. 信：確實。

串講

　　隔着湖上的煙靄，傳來了採菱姑娘們的歡聲笑語，寬闊的
湖面極為平靜，如同展開的白絹。入眼的風光可不要匆匆消
逝，因為它那麼令我留連忘返。坐在畫船上的麗人春風滿面。
這裏的江山風景的確很美，但它終究不是我的故鄉，我不禁長
歎，何日才是我的歸鄉之期呢？

評析

　　這首散曲可分四段來解讀，一、二句為一段，三、四句為二段，第五句為三段，六、七、八句為四段。一、三兩段以描寫景物為主，如"波靜如橫練"和"畫船一笑春風面"，描寫採菱人、湖水和畫船，二、四句為直抒胸臆，如"共留連"和"江山信美"，既讚歎了他鄉風光之美，又傾述了自己思念故鄉之情。作者採用了以樂景寫哀情的反襯手法，越是寫江南秋景之美，越能表現思歸之情的強烈。用這種景與情的反差，突出了他摯愛故鄉的深情。此外，作者的語言清麗空靈，化用前人詩意，也見出藝術用心。李白的《採蓮曲》有"若耶溪旁採蓮女，笑隔荷花共人語"之句，王惲改"隔荷花"為"隔秋煙"，意境更為蒼茫朦朧。王惲是衛州汲縣（今屬河南）人，在元世祖忽必烈時代就已出任要職，曾在福建任提刑按察使，此曲當作於南方。他的散曲不寫豔情，又喜以詞律曲，所以他的曲作很像詞作，加之詞調中也有[平湖樂]，王惲此作遂被清人朱彝尊收入《詞綜》中。

盧　摯

［雙調］　沉醉東風

秋　景

掛絕壁[1]松枯倒倚，落殘霞孤鶩[2]齊飛。四周不盡山，一望無窮水。散西風滿天秋意。夜靜雲帆月影低，載我在瀟湘畫[3]裏。

注釋

1. 絕壁：懸崖峭壁，形容山勢險峻。
2. 鶩：野鴨。此句化用王勃《滕王閣序》"落霞與孤鶩齊飛"句。
3. 瀟湘畫：湖南有瀟水和湘水。沈括《夢溪筆談》載，宋代名畫家宋迪有《瀟湘八景圖》，是著名的山水畫。

串講

枯松倒掛在懸崖峭壁上，天邊殘留的晚霞好像與水面孤單的野鴨一齊飛翔。眺望四周，都是綿綿不絕的山巒，水面寬闊，一望無際。秋風襲來，感覺天地間充溢着濃濃的秋意。白帆高掛，月亮初升，靜夜裏月照帆影，船載着我，就像行進在瀟湘美麗的山水風景畫中一樣。

評析

　　中國古代文人對秋天似乎情有獨鍾，宋玉悲秋成為著名典事。但這首小令《秋景》的作者並不悲秋，作品的基調也不屬淒涼傷感。曲中前五句選取的是黃昏之景，後兩句是寫靜夜之時，曲中所寫的畫面有奇絕的枯松，有安祥的殘霞，還有寬闊的水面，迷人的帆影，畫面又處在移動變化之中，使意境也飛動起來。起句就突兀不凡，突出了山勢的險峻與枯松倒掛的奇姿怪態，之後詩筆卻又顯得從容不迫，"殘霞"與"孤鶩"齊飛，是由靜而動。"四周不盡山"兩句，對仗工整，視野更為開闊，下面一句寫西風吹拂，陣陣秋意，又是由寫景向抒情過渡。接下去寫月亮帆影，畫面又轉向平靜，時間也推向了夜晚。"載我在瀟湘畫裏"一句，則以畫喻景，物我相忘，使曲文充滿着詩情畫意，令人難忘。作者為景物塗上了濃郁的主觀色彩，表現了他的陶醉之情。盧摯創作此曲時正在嶺北湖南肅政廉訪使任上，應該是仕途順利之時，此曲隱約表達了他厭倦官場醉心自然的心態。

大德十一年倉龍

未秋九月十有七日

嵩翁盧摯與友人

太原劉致時中醴陵

李應寶仲仁觀于

宣城寓居之疏齋

盧摯手跡

［雙調］　沉醉東風

閒　居

　　恰[1]離了綠水青山那答[2]，早來到竹籬茅舍
人家。野花路畔開，村酒糟頭[3]榨[4]。直吃的欠
欠答答[5]。醉了山童不勸咱，白髮上黃花亂插。

注釋

1. 恰：剛剛。
2. 那答：那兒，那邊。
3. 糟頭：農村中釀酒的器具。
4. 榨：擠壓。
5. 欠欠答答：指喝醉後東倒西歪、手舞足蹈的樣子。

串講

　　我才離開那邊的青山綠水，又來到了竹籬環繞的農家茅
屋。野花盛開在道路的兩邊，村酒已經在糟頭榨出。我開懷暢
飲，一直喝得酩酊大醉，東倒西歪。跟隨的童子也不勸阻我，
我只管把採來的菊花胡亂地插在白髮上。

評析

　　盧摯的這首小令描寫村居生活的閒適自在，極富生活氣
息，表現了曲家恣情任性的自然心態，同時也描繪了一幀田園

隱居圖。

　　前半部分寫景為主，後面重點寫人。開始先概括交待了信步閒遊所見到的兩種景致：綠水青山與竹籬茅舍。"恰離了"、"早來到"表明時間銜接緊密，寫出了曲中主人公濃濃的遊興。然後是村居生活的具體化場景："野花路畔開，村酒糟頭榨。"寫人則集中描寫了主人公的醉態：除了東倒西歪的表現，還有更狂放的"白髮上黃花亂插"，頗有"老夫聊發少年狂"的味道。宋代歐陽修在《醉翁亭記》中說"醉翁之意不在酒"，本曲中的主人公或許不完全是酒醉，也有被自然風景陶醉的成份。從曲中描寫看來，村居生活的平靜從容打動了作者，才有此作，至於曲中主人公是否就是作者自己，倒並不重要，因為抒寫情景的小令也可描繪出人物來。

［雙調］　蟾宮曲

沙三伴哥[1]來嗏[2]！兩腿青泥，只為撈蝦。太公莊上，楊柳陰中，磕[3]破西瓜。小二哥昔涎剌塔[4]，碌軸[5]上淹[6]着個琵琶。看蕎麥開花，綠豆生芽。無是無非，快活煞[7]莊家。

注釋

1. 沙三伴哥：沙三和伴哥，均為村民的名字。
2. 嗏：語氣詞，用在詞曲中表示停頓，略同於"呀"、"呵"。

也有人認為“來㗻”相似於吳語中的“來哉”。

3. 磕：敲擊。

4. 昔涎剌塔：當時的口語，形容人垂涎的樣子。

5. 碌軸：亦作“碌碡”，是農村脫穀的農具。

6. 淹：本意為“沉溺”、“久留”，此處有“靠着”、“搭着”之意。

7. 煞：也可寫作“殺”，表示程度很深，可釋成“極其”。

串講

沙三和伴哥走過來了！他們兩腿上沾滿了青泥，只因為他們剛剛在水中撈過蝦。在太公莊上，他們急忙躲入楊柳蔭中，磕破了西瓜大吃起來。那邊還有個小二哥，他流着口水，蜷曲着身體正臥在石碾子上酣睡，這情形如同上面搭着一個曲頸琵琶。田野上正值蕎麥開花，綠豆長苗。農家的生活平平靜靜，遠離是非，真的是讓人十分快樂呵！

評析

這首小令有兩個明顯的寫作特點，一是描寫人物十分生動。三個村民神態、動作的刻畫很成功，如果按“鏡頭”來分，可分為兩組，一組是兩個剛剛撈蝦上岸的青年，兩腿青泥，天氣炎熱，人很乾渴，於是急忙躲在樹蔭下大吃西瓜，農村生活特徵十分鮮明。另一組鏡頭是那個正在酣睡的“小二哥”，他與沙三、伴哥不同，正入夢鄉，他流着口水及身體蜷曲的睡態，令人發笑。小令的另一個寫作特點是語言的生動逼真。曲家吸納當時的民間口語入詞，如"昔涎剌塔"、"快活煞"，還有一個"磕"字，也極富農村生活情調。至於那位睡相不雅的小二哥，更是農村中常見的生活場景，作者使用的也是當時的俗語。

眾所周知，元散曲中相當一部分描寫農村的曲作，往往用來表達歸隱之志，或者對官場、紅塵的牢騷不滿，這首小令自見特色，不是為了言志，而是以反映農村生活為主，從而使作品給人留下了鮮明的印象。

［中呂］ 喜春來

和則明韻

> 春雲巧似山翁帽，古柳橫為獨木橋。風微塵軟落紅[1]飄。沙岸好，草色上羅袍[2]。

注釋

1. 落紅：落花。
2. 羅袍：一種用絲織品做的長袍。

串講

我看到一塊雲彩很像山翁所戴的帽子，那株古老的柳樹橫斜在水面，如同一座獨木橋。春風和煦，沙土柔軟，到處是飄落的花瓣。水邊的景色十分美好，濃濃的春草，似乎要染綠我穿的長袍。

評析

　　盧摯的這首小令風格清新，表現出濃濃春意以及作者的喜悅之情。第一句很奇特地描繪天空雲彩，說它巧似山翁帽，這本是形容“春雲”特定形狀，反襯雲狀的變幻無定。人們往往用自己生活中的常見事物去為自然現象命名，如以圓鏡喻月，以傾盆喻雨，等等。但這類譬喻在唐宋以來的詩詞中已有大致的沿用規律，不再能夠隨便作喻。因此，即使我們不能說盧摯曲中“山翁帽”的比喻如何佳妙，但卻可說明，作為元代新興文體的散曲，它確實處在可創可造的“天籟”之期。

　　如果說這首小令開首二句寫法自然隨意，那末從第三句起就轉為寫一種細膩的感受了。“落紅飄”，既描寫了春花色彩，又賦予春景以動感。“草色上羅袍”句，寫出了春草的碧綠，而且是動人的綠，除了起到與“落紅”相觀照的作用以外，“上羅袍”三字還有物我渾融的效果，這也就是詩評家常說的富有韻味之句。

陳　英

［中呂］　山坡羊

歎　世

> 晨雞初叫，昏鴉爭噪，那個不去紅塵[1]鬧。路遙遙，水迢迢，功名盡在長安[2]道。今日少年明日老。山，依舊好；人，憔悴了。

注釋

1. 紅塵：指飛揚的塵土，後引申為喧鬧的世俗。
2. 長安：泛指京城。

串講

　　清晨，報曉雞剛剛鳴叫，黃昏，烏鴉噪叫着爭相歸巢，又有誰不是從早到晚在世俗名利場中爭奪呢？道路遙遠，江河迢迢，為求功名，人們遠離家鄉親人，奔波在通往京城的大路上。今日還是少年，明天已見衰老。青山依舊美麗，而人卻已不堪疲憊，十分憔悴了。

評析

　　陳英作有［山坡羊］《歎世》二十六首，此為第十六首。小令內容可分為三層。第一層寫世人為名利而奔波，這裏晨雞叫和烏鴉噪都具有比喻意味，既喻時間，也喻紛擾。"那個不去紅塵鬧"句更是極言塵世的喧囂和紛擾，相似於馬致遠《秋思》套曲中寫的"密匝匝蟻排兵，亂紛紛蜂釀蜜，急攘攘蠅爭血。"第二層從"路遙遙"到"今日少年"句，描寫人們為了功名，擁向京城，不計路途遙遠，從年少奔波到年老，是從空間入手，與開頭兩句從時間着眼顯出差異。這裏應該着重指出的是，今日青春，明日白首，這樣的感歎在詩詞曲中雖然常見，但這裏用在刻畫科舉功名上，不禁使人想起後世小說中的"老童生"形象，因而自有其特點。第三層是末尾兩句，富有哲理意味，青山因不失自然本色而永遠美好，世人因迷途功名而疲憊不堪，"山，依舊好；人，憔悴了。"真可謂佳句雋言。

奧敦周卿

［雙調］　折桂令

詠西湖

　　西湖煙水茫茫，百頃風潭，十里荷香。宜雨宜晴，宜西施淡抹濃妝[1]。尾尾相銜畫舫，盡歡聲無日不笙簧[2]。春暖花香，歲稔[3]時康，真乃上有天堂，下有蘇杭[4]。

注釋

1. 宜西施淡抹濃妝：語出蘇軾詩《飲湖上初晴後雨》：“欲把西湖比西子，淡妝濃抹總相宜。”
2. 笙簧：樂器名。這裏泛指音樂。
3. 歲稔（rěn）：豐收之年。稔，莊稼成熟。
4. 上有天堂，下有蘇杭：民間諺語，最早見於南宋初范成大的《吳郡志》。

串講

　　西湖上籠罩着煙霧，茫茫一片，微風吹過寬闊的水面，十里荷香陣陣襲來。無論是雨天還是晴天，她像西施一樣，淡抹濃妝，都十分適宜。美麗的畫船一隻接着一隻，每天湖上都飄

動着樂聲，到處是歡聲笑語。春天多麼溫暖，鳥語花香，豐收
的年景，富庶的時代，真正是上有天堂，下有蘇杭。

評析

　　古代詩詞中描寫西湖之美的名作很多，如白居易的《錢塘
湖春行》、蘇軾的《飲湖上初晴後雨》等，奧敦周卿的這首小
令別具韻味，自見特色。內容可劃分為兩段，從開頭到"宜西
施淡抹濃妝"為第一段，先寫西湖水面壯闊、荷香迷人，之後
指出無論晴天還是雨天，西湖都美不勝收，三個"宜"字，極
盡頌讚，真是無日不美，無處不美。第二段從"尾尾相銜畫舫"
到結束，寫遊湖的人，"盡歡聲無日不笙簧"，快樂的心情，
美好的春天，富庶的生活，從而推出"上有天堂，下有蘇杭"
的諺語作結，自然瀏亮。全曲語言直白通俗，俗中見雅，優美
動人。作者是女真族人，此曲當是他初到西湖時所寫，曲中化
用蘇軾詩句，引用民間諺語，有果然如此之感，名不虛傳之
歎。細玩這首散曲，可以感受到一種對西湖的傾倒式的讚美。
遙想當年，南宋滅亡，元朝一統，長時期南北分隔的局面一旦
打破，北方人士來到杭州，大體都會有此類驚歎，關漢卿的
《杭州景》套曲中就曾寫道："普天下錦繡鄉，環海內風流
地"，還曾讚歎說："看了這壁，覷了這壁，縱有丹青下不得
筆"。

關漢卿

［南呂］ 四塊玉
閒　適

舊酒投[1]，新醅[2]潑[3]，老瓦盆[4]邊笑呵呵。共山僧野叟閒吟和[5]。他出一對雞，我出一個鵝，閒快活。

注釋

1. 投：本作酘，這裏意謂酒後再飲。
2. 醅（pēi）：未濾過的酒。
3. 潑：即醱，這裏意謂釀酒。
4. 瓦盆：古時指一種粗陋的酒具。
5. 吟和：吟詩作曲，相互唱和。

串講

舊酒不斷地飲，新酒剛剛蒸熟。幾個老朋友手拿着瓦盆喝酒，喜笑顏開，快樂呵呵。我還與這些山中的和尚、田野的老者，安閒地吟詩唱和。他帶來了一對雞做下酒的菜，我拿出了一隻鵝參加聚會，這種閒適的生活真的讓人十分快活。

評析

　　關漢卿是中國古典戲曲元雜劇的奠基人,是傑出的曲家,他的《竇娥冤》、《救風塵》、《單刀會》等作品表現了強烈的現實主義精神,具有昂揚憤激的氣格。他的散曲卻時有閒適之作。《閒適》共四首,這是第二首,寫詩人同良朋好友歡聚的動人情景,表現了甘老林泉的心態,這也是元散曲中最為常見的題材。曲中先寫暢飲不斷,次寫前來相聚的朋友,都是"山僧野叟",不是什麼達官貴人。最後寫的是聚餐的食物,是農村常見的"雞"、"鵝",並再次點明心境:"快活",與開頭的"笑呵呵"呼應。作品兩次出現的"閒"字,可謂詩眼,點明了題旨。小令描寫的雖然是一次極為平常的聚會,但氣氛無拘無束,融洽和諧。讀者可從這種氣氛中窺知,曲中的抒情主人公醉心閒適,不慕名利,安貧樂道,追求逍遙的山林生活,以及他為真誠淳樸的友誼所陶醉,表現出一種渴望返璞歸真的心態。在藝術描寫上,此曲最大的特點是本色自然的語言,作者把一次朋友的聚會如實寫來,使人如臨其境,"笑呵呵"、"快活"和"他出一對雞,我出一個鵝",如同生活中的白話,但卻於平淡中顯出濃趣。

〔雙調〕　沉醉東風

　　咫尺[1]的天南地北,霎時間月缺花飛[2]。手執着餞行杯,眼閣[3]着別離淚。剛道得聲"保重將息"，痛煞煞[4]教人捨不得。"好去者[5]望前程萬里！"

注釋

1. 咫尺：比喻距離很近。咫：古代的長度單位，周尺八寸謂咫。

2. 月缺花飛：古人常以花好月圓比喻團聚，反用表示離散。

3. 閣：同"擱"，存放，北方口語，此處有"含着"之意。

4. 痛煞煞：也作痛殺殺，指十分悲痛難過。

5. 好去者：送別的話，猶如說"好走"、"慢慢走"。

串講

　　雖然現在我們是近在咫尺，轉眼間卻要離散分別。我手拿着為你餞行的酒杯，別離的淚水含在眼中。剛說了一句："好好注意身體，調養好自己"，心中就極為痛苦，感情難割難捨。"這一路你要走好，祝願你鵬程萬里！"

評析

　　關漢卿有不少散曲描寫相思離別。這首小令主要寫情人離別之際難捨難分的感情，是以送行女子的口氣所寫。作品感情的基調直率而奔放，但又深摯真切，曲中選取的是女子與意中人道別時的場景。首二句先點出餞行在即，突出了女子此時不願分別的心理感受，"天南地北"、"月缺花飛"是從空間與時間兩個角度所作的誇張描寫，而並非眼前實景，因而妙在虛虛實實，引人聯想。之後生動刻畫了臨別時女子的神態，"執"與"閣"兩個動詞用得恰到好處，這兩句猶如一個特寫鏡頭，把她含淚舉杯，言語哽噎，極力克制感情的神態傳達出來了。最後寫女子對男子臨行時的贈言，希望他保重身體，並祝願她前程廣闊，看似曠達，實則情感更濃，很好地揭示了她痛楚依戀的複雜心情。中國古典詩歌寫離別相思的作品很多，關漢卿此曲的描寫特點是抓住了人生離別時的瞬間鏡頭，細緻入微地刻畫了抒情主人公的心情、動作、神態、語言，不加雕飾，不用典故，卻抒情強烈，刻畫真切，其白描的手法，通俗的語言，使此曲不再是唐詩宋詞或典雅或婉約的藝術風格，而是具有了一種恣情任性的美。鄭振鐸《插圖本中國文學史》中說關漢卿的散曲"淺而不俗，深而不晦，正是雅俗共賞的最好的作品。"

［南呂］ 一枝花

不伏老（節錄）

［尾］我是個蒸不爛、煮不熟、捶不扁、炒不爆、響璫璫一粒銅豌豆。恁子弟每[1]誰教你鑽入他鋤不斷、斫不下、解不開、頓不脫、慢騰騰千層錦套頭？我玩的是梁園[2]月，飲的是東京[3]酒；賞的是洛陽花[4]，攀的是章台柳[5]。我也會

圍棋、會蹴踘[6]、會打圍[7]、會插科[8]、會歌舞、會吹彈、會咽作[9]、會吟詩、會雙陸[10]。你便是落了我牙、歪了我嘴、瘸了我腿、折了我手，天賜與我這幾般兒歹症候[11]，尚兀自[12]不肯休。則除是[13]閻王親自喚，神鬼自來勾。三魂歸地府，七魄喪冥幽。天哪，那其間才不向煙花路[14]兒上走。

注釋

1. 恁子第每：你們這些子弟，此處指紈袴子弟。

2. 梁園：也叫梁苑，漢時梁孝王所建的園林，在開封附近，這裏代指汴京（開封）。

3. 東京：五代時的晉國政權中心在汴州，因升汴州為東京，宋代以此為京城，也稱東京，即今開封。

4. 洛陽花：指牡丹。

5. 章台柳：章台，漢代長安街名。唐詩人韓翃，有寵姬柳氏，他到別地作官時，將柳氏安置在京都。三年後，因思念她，作《章台柳》寄之。後也以章台柳指妓女。

6. 蹴踘：古人一種踢球的體育活動。

7. 打圍：打獵。

8. 插科：指藝術表演。

9. 咽作：或釋為歌唱，或指吞咽表演，如吞刀吐火、吞咽符籙之類。

10. 雙陸：一種遊戲，近於賭博。

11. 歹症候：猶言"惡疾"。

12. 兀自：猶、還。

13. 則除是：猶今之"除非是"。

14. 煙花路：指勾欄妓院。

串講

我是一粒既無法蒸爛煮熟，也不能砸扁炒爆的響噹噹的銅豌豆。你們這些紈袴子弟，是誰讓你們鑽進那無法砍斷解開，又不能掙脫的依紅偎翠的妓院生活中的呢？我欣賞的是開封梁園之月，喝的是開封最好的酒；欣賞的是洛陽品種的牡丹花，結交的是美麗文雅的歌妓。我會下圍棋，還會踢球，喜歡打獵，擅長表演；跳舞、演奏、唱歌、吟詩、賭博，樣樣皆通。你就是打掉了我的牙，打歪了我的嘴，弄瘸了我的腿，弄折了我的手，老天賜給我的這諸多"惡疾"，我還是不肯放棄。除非是陰間的閻王親自來傳喚，神鬼親自來勾命，我的魂魄歸向了地府，老天啊！那個時候，我才不會向勾欄妓院的路上去走！

評析

這是關漢卿一篇很有名的散套，此處選錄的是套曲的尾曲，從內容看，表現了書會才人的憤激感情。書會才人是當時寫作戲曲和其他曲藝的作者，他們必然要與勾欄歌妓來往密切，因此倍受歧視，被排斥於主流文化之外。本曲可劃分為三段，第一段描述"我"的倔強性格。作者用"銅豌豆"來自喻，十分形象，並勸子弟不要去尋花問柳。第二段從"我玩的是梁園月"到"會雙陸"，介紹"我"的多才多藝及與眾不同的風流浪子的生活，顯然與傳統文人大異其趣。第三段，再次表明自己不怕非議打擊，要把創作與愛好堅持到底，至死方休。這裏展現的"我"不是只代表作者，而是一群人，表達的則是堅持戲曲創作與施展才藝的精神。當然，其中也有玩世不恭、醉心聲色的心態的流露。

本曲在藝術上頗有特色，曲子風格十分爽辣，極有藝術個性。作者以調侃誇張的筆觸寫作，卻使用了大量的駢儷句式，氣勢奔放。使用襯字較多，如第一句，曲譜應為七字，關漢卿一口氣加進了十六個聲調鏗鏘的襯字，猶如江河狂瀉，很好地表現了"我"無拘無束、特立獨行的性格。

感天動地竇娥冤

第三折

［正宮］　滾繡球

有日月朝暮懸，有鬼神掌着生死權。天地也只合把清濁分辨，可怎生糊突[1]了盜跖[2]顏淵[3]。為善的受貧窮更命短，造惡的享富貴又壽延。天地也做得個怕硬欺軟，卻元來也這般順水推

船[4]。地也，你不分好歹何為地？天也，你錯勘
賢愚枉做天！哎，只落得兩淚漣漣。

注釋

1. 糊突：即糊塗，指是非不分。
2. 盜跖：跖本是春秋時“橫行天下”，反抗貴族統治的人物，被視為“盜”，因稱盜跖。
3. 顏淵：孔子的學生，貧而好學，古人視為賢人的典型。此處“盜跖”與“顏淵”分別是“惡”與“善”的象徵。
4. 順水推船：比喻乘便行事，此處做趨炎附勢解。

串講

　　有太陽和月亮每天早晨和夜晚懸掛在天上，還有鬼神掌管着人們的生死大權。天和地應該把清與濁清楚分辨，可怎麼卻區分不開什麼是善，什麼是惡？做善事的人忍受貧窮的折磨還生命很短，作惡的人卻享受榮華富貴又長壽延年。看來，天和地也是欺軟怕硬，原來也不明事理，趨炎附勢。大地啊，你既然不分好歹為什麼還叫做“地”？老天啊，你混淆了賢和愚也是白白做了什麼“天”！哎，如今我只落得個雙淚不斷，如漣漣流泉。

評析

　　《竇娥冤》是關漢卿的代表作，是元雜劇中的著名悲劇，王

國維《宋元戲曲史》中說它"即列之於世界大悲劇中,亦無愧色。"劇本描寫了竇娥從孤女、童養媳到寡婦、死囚的悲劇一生,揭露了社會惡勢力和黑暗官府對她的迫害,同時展示了她如何從順從命運到反抗社會的進程。這是作品的第三折(也稱"法場")中的第二支曲子,表現了一位被迫害的善良女子對天地的不滿與控訴,抨擊了被視為神聖威嚴至高無上的天地鬼神,實際上表現了對封建秩序的懷疑,這就將作品的思想意義推進到了新的高度,竇娥形象的典型意義和作品深刻的歷史意義也正在這裏。

這支[滾繡球]曲也表現了關漢卿本色當行的藝術風格。所謂"當行",意為語言切合人物身份,並適合舞台演出。本曲句式共為十一句,前四句和之後的四句句法相同,要求第四句在連接前後兩節上起類似詞中"過片"即過渡的作用,從作品看"可怎生糊突了盜跖顏淵"確實也起到了這一作用,因為"為善的"、"造惡的"兩句正是對此的具體描述。在句法上重複之際,曲意上卻是轉接之時。最後一句也有轉意,"只落得兩淚漣漣",表面看把怨天恨地的情緒降了下來,但卻很符合實際,因為竇娥無論怎樣的控訴都改變不了悲劇的結局,這一哭訴,在無奈之中又有強烈的怨氣。戲劇節奏一張一弛,很有藝術效果,這是當行作家的長技。

［正宮］　二煞

　　你道是暑氣暄[1]，不是那下雪天，豈不聞飛霜六月因鄒衍[2]？若果有一腔怨氣噴如火，定要感的六出冰花[3]滾似綿，免着我屍骸現。要甚麼素車白馬[4]，斷送[5]出古陌荒阡！

注釋

1. 暄：暖，熱。
2. 飛霜六月因鄒衍：相傳戰國時燕國的忠臣鄒衍，被人陷害入獄，仰天大哭，時值夏令，天卻為之下霜，後人遂以"六月飛霜"喻冤獄。
3. 六出冰花：指雪，雪為六瓣形晶體。
4. 素車白馬：古時送葬乘素車白馬，此處做"送葬"解。
5. 斷送：原意葬送，此處做"送"解。

串講

　　你說是夏日暄暖炎熱，不是那下雪的天氣，你難道沒有聽說古時因為鄒衍的冤屈，老天六月為之飛霜的事嗎？如果真有一腔怨氣就會如火般噴發，一定會感動得上天降雪，白雪會如綿花一般滾滾而來，免得讓我的屍首暴露在紅塵。還需要什麼素車白馬來送葬，把我送到古道荒墳去呢？

評析

這是臨刑前竇娥所發的三樁誓願中的第二個願：六月飛雪。她要讓以往被她信從崇拜的天地鬼神聽從她的調遣，以昭顯自己的不白之冤，死後白雪葬身，勝過埋在古陌荒阡，這同不要血灑紅塵一樣，表示了她對那個污濁社會的最後決裂，也表現了她品格的高潔。生死關頭，竇娥變得十分清醒和堅定，表現了一個善良普通的婦女無懼死亡大義凜然的可貴膽識。

語言的鮮明生動通俗易懂是元雜劇的共同特點，但不同的作家把口語提煉成文學語言時，是有高低、粗細之分的。關漢卿的不少曲文表現了口語化文學語言的活潑生機，有民歌風味，語言幾無文飾，卻是質樸感人，如“噴如火”、“滾似綿”，比喻形象，色彩鮮明。在某種程度上說，曲律的規定和限制相當嚴格，能把曲文寫得靈動飛揚，同時又如脫口而出，這需要深厚的功力，這比單純襲用詞的意境手法寫曲，要困難得多，所以王國維在《宋元戲曲史》中說：“關漢卿一空倚傍，自鑄偉詞，而其言曲盡人情，字字本色，故當為元人第一。”

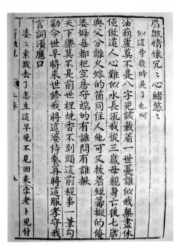

明刊《古名家雜劇》本《竇娥冤》書影

［正宮］　一煞

　　你道是天公不可期[1]，人心不可憐，不知皇天也肯從人願。做甚麼三年不見甘霖降？也只為東海曾經孝婦冤[2]。如今輪到你山陽縣。這都是官吏每[3]無心正法，使百姓有口難言。

注釋

1. 期：寄以希望。
2. 東海曾經孝婦冤：《漢書・于定國傳》載，漢代東海郡有孝婦周青，被郡守枉判死刑，該郡大旱三年，後冤獄昭雪，天立降大雨。
3. 官吏每：意謂"官吏們"。

串講

　　你說是老天不可以寄以希望，普通百姓之心不會被體諒憐惜，卻不知道連皇天也肯聽從人的意願。為什麼漢代東海郡三年看不到甘霖普降，也只因為曾經有被冤死的孝婦周青，今天輪到你們楚州的山陽縣了。這都只為官吏們草菅人命，不秉公執法，使老百姓有口難言。

評析

　　臨刑之前，竇娥發下三樁誓願，這支曲子寫的是第三樁願。死後，她的誓願一一實現：血飛白練，六月飛雪，楚州大旱三年。曲子的最後兩句，常被後人援引讚許，"這都是官吏每無心正法，使百姓有口難言"，擲地有聲，一針見血！竇娥被張驢兒誣告後，走上公堂之初，她還相信官府的公正無私，但現實粉碎了她的幻想，"一杖下，一道血，一層皮"，使她徹底失望，但她

明刊《古今名劇合選》本《竇娥冤》插圖

至死不屈。對竇娥的三樁誓願，也有人用藝術上的浪漫主義手法來解釋，但也可視為我國傳統文化中的"天人感應"觀的反映。誓願的實現不屬於事理邏輯，而屬深化了的感情邏輯。關漢卿的這些描寫在深層意義上也已突破了"天人感應"的觀點，它們為作家對黑暗勢力的憤懣、抗議所充實，成為強烈的對正義呼喚的感情依託，化為一種復仇願望的象徵，一種揭露和譴責的深沉力量。一個蒙冤而死的普通婦女的滿腔怨憤，使自然界發生巨大的反常變化，正是異常強烈地表現並深化了遭受壓迫的普通百姓的反抗情緒。劉大傑《中國文學發展史》中論述《竇娥冤》時說："由此看來，關漢卿確是一個人生社會的寫實者，是一個民眾通俗的劇作家。"

閨怨佳人拜月亭

第一折

［仙呂］ 油葫蘆

分明是風雨催人辭故國！行一步一歎息，兩行愁淚臉邊垂。一點雨間一行悽惶[1]淚，一陣風對一聲長吁氣[2]。［做滑摔科］嚓，百忙裏一步一撒[3]！嗨，索與他一步一提！這一對繡鞋兒分不得幫和底，稠緊緊粘糯糯[4]帶着淤泥。

注釋

1. 悽惶：悲傷驚惶。
2. 吁（xū）氣：歎氣。
3. 撒：只把腳尖伸進鞋內，拖着走。
4. 糯糯（nuò）：形容粘在一起。

串講

國家遭難，連秋風秋雨也催促着人們離別故鄉！我每走一步都發出一聲長長的歎息，兩行愁淚垂掛在腮邊。一點雨伴隨着一行淒苦的眼淚，一陣秋風對應着我的一聲聲長歎。（有摔倒的動作）呀，匆匆忙忙趕路，泥濘路滑，一步一失！嗨，小心緩慢地行走，一步一舉。腳下的一雙繡鞋已經看不清楚幫和底，又濕又粘，還沾帶着許多淤泥！

評析

　　關漢卿的風情劇《拜月亭》與王實甫《西廂記》、白樸《牆頭馬上》、鄭光祖《倩女離魂》雜劇一樣，是元曲中描寫愛情婚姻內容的重要作品，被今人稱為元曲四大愛情劇。《拜月亭》今只存元刊本，賓白不全，有些具體情節不易瞭解，大致可知其故事梗概：金末，蒙古軍隊攻佔了金的都城中都（今北京），王尚書之女王瑞蘭隨母逃難，蔣世隆也攜妹流亡，亂中失散，王母與蔣妹相逢，瑞蘭與世隆邂逅，在結伴同行過程中，蔣、王二人結為夫妻，不久後為王父拆散。後經曲折，夫婦團圓。本劇為旦本戲，正旦扮演王瑞蘭。這支曲子是第一折王瑞蘭和母親逃離中都途中所唱。戰火紛飛，兵荒馬亂，人們

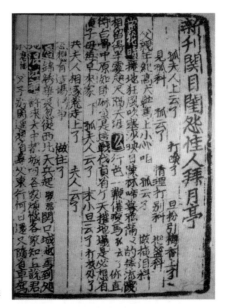

元刊本《拜月亭》書影

背井離鄉，備嘗憂患，加之天氣不好，百姓在秋風秋雨中艱難前行。此曲一開始的"風雨催人辭故國"就襯托出了悲涼的戲劇氛圍。"行一步一歎息，兩行愁淚臉邊垂"，既是人物的行動狀態，又是其心情刻畫。"一點雨兼一行悽惶淚，一陣風對一聲長吁氣，"描寫雨水與淚水共飛，風聲和吁氣交併，又是前面"歎息"和"愁淚"的深化，作者已經把自然現象心靈化了。曲中注明王瑞蘭在風雨中行路艱難時，有一個摔倒的動作，"百忙裏"、"索與他"是襯字，寫泥濘路滑時一步一失，一步一舉，可見曲文動作性強，傳神靈動。結尾寫鞋子上沾滿污泥，看似形容行路之難，也似含有人物內心情態：惋惜一雙美麗的繡鞋被泥濘污損，說不定當時這是她精心繡納的哩。

關大王獨赴單刀會

第四折

〔雙調〕　新水令

大江東去浪千疊[1]，引着這數十人駕着這小舟一葉。又不比九重龍鳳闕[2]，可正是千丈虎狼穴。大丈夫心烈[3]，我覷這單刀會似賽村社[4]。

注釋

1. 疊：指層層的波浪。
2. 九重龍鳳闕：封建時代帝王住的宮殿。

3. 大丈夫心烈：指英雄大丈夫情懷激烈。

4. 賽村社：社，指“社火”，係民間自行組織表演技藝的團體，每於節日進行演出競賽，謂之“賽社”。此係關羽輕視東吳的一種比喻，是言此去必能取勝。

串講

　　長江向東滾滾流去，江中波浪重重疊疊，我帶着手下這幾十人，駕着一葉小舟前去赴會。這可不比去帝王華麗的宮殿，正是去那虎狼之穴，千丈深淵。但英雄大丈夫的情懷慷慨激烈，無往而不勝，我看這次的單刀赴會，如同參加農村節日裏的賽會一樣，必然勝利而回。

評析

　　《單刀會》是關漢卿的一部歷史劇，寫東吳大將魯肅為索取荊州，伏下甲兵請關羽赴宴，意欲劫持要挾。關羽明知對方不懷好意，卻憑藉超群的膽略，毅然單刀赴會。席間，他不失時機地用巧智迫使吳軍不敢輕舉妄動，從容勝利返回。這齣戲的一、二折，正末扮喬公和司馬徽，他們讚賞關公，烘托了關羽的英勇無比，第三折關羽才正式登場，本曲為第四折首曲，寫他在赴會途中面對長江的所思所想。開頭的“大江東去”從蘇軾詞《念奴嬌·赤壁懷古》中化出，描寫了長江波濤奔湧的壯闊畫面，以自然的雄奇之美映襯着英雄的高大形象，更突出了他“出龍潭，入虎穴”的英雄之舉。之後的唱詞寫關羽的心聲：他已意識到形勢的嚴峻，赴東吳如同去“虎狼之穴”，但他無所畏懼，“似賽村社”的比喻，生動地傳達出關羽知難而進並成竹在胸的內心世界。這一形象比歷史上的關羽更為高大動人，與小說《三國演義》的描寫十分近似。曲文善於用景物烘托主人公形象，"虎狼之穴"和"似賽村社"這兩個生動的比喻突出了英雄的豪情與獨特的氣質，表明了關羽此去的必勝信心。清代錢謙益《重編義勇武安王集》中說及此劇云："其詞曲發揚蹈厲，觀者咸撫手擊節。"

[雙調] 駐馬聽

水湧山疊，年少周郎何處也？不覺的灰飛煙滅，可憐黃蓋轉傷嗟。破曹的檣櫓[1]一時絕，鏖兵[2]的江水由然[3]熱，好教我情慘切！[云]這也不是江水，[唱]二十年流不盡的英雄血！

注釋

1. 檣櫓：檣：桅杆；櫓：行舟的工具，此處代指船隻。
2. 鏖兵：激戰、苦戰。
3. 由然：同"猶然"。

串講

長江波濤洶湧，兩岸山巒重疊，當年那個年青的將領周瑜現在何處呢？不知不覺間，一切都已灰飛煙滅！想起當年的黃蓋，不由得生出了憐惜與感歎之心。擊破曹兵用的船隻也不見了蹤跡，赤壁之戰時的江水今天彷彿還是滾熱的，讓我的內心

悲憤淒切！（云）這可不是普通的江水，（唱）這是二十年來
流淌不盡的英雄們的鮮血！

評析

此曲為《單刀會》第四折的第二支曲子，承接前曲[新水
令]。作者寫關羽感歎親身經歷的血染江水的英雄相爭已成往
事，喧赫一時的周瑜、黃蓋和曹操在江上鏖戰的事跡也早已
"灰飛煙滅"。江山依舊，人事已非，引起了關羽的蒼涼"慘
切"之情。在這裏，關漢卿化用了杜牧詩和蘇軾詞的意境，把
文人弔古的情思，寫成了劇中人關羽的心境。這支曲子也表現
了成功英雄的悲哀，實際上表達的是將人生的短暫與自然的永
恆對照產生的悲哀，也是對古往今來所謂"一世英雄"的短暫
與"千古事業"的永恆相對照時產生的悲哀。這是許多古詩中
常見的主題，這樣的描寫，無疑是作家主觀情緒的表現，同
時，又化作了歷史人物的感受，就刻畫關羽形象而言，看來是
"強賦"的，卻又是一種開拓。因此，這一形象是經過作家心靈
化後折射出來的。比起後來那些把關羽寫成有似肅穆天神乃至
武聖人的作品來，《單刀會》中的關羽倒是逼近人生，從而顯
得更為動人和深沉。近人王季烈激賞此曲，他在《孤本元明雜
劇提要》中說："就曲文論之，第四折之[新水令]、[駐馬聽]二
支，感慨蒼涼，洵為絕唱，而'二十年流不盡的英雄血'一
句，尤為神來之筆。"

高文秀

黑旋風雙獻功

第一折

［正宮］　哨遍

可便道恭敬不如從命，今日裏奉着哥哥令。若有人將哥哥廝欺負，我和他兩白日便見那簸箕星[1]。則我這兩條臂攔關扶碑[2]；則我這兩隻手可敢便直鈎缺丁[3]。理會[4]的山兒性，我從來個路見不平，愛與人當道撅坑[5]。我喝一喝骨都都海波騰，撼一撼赤力力山嶽崩。但惱着我黑臉的爹爹，和他做場的歹鬥，翻過來落可便吊盤的煎餅。

注釋

1. 簸箕星：又稱"掃帚星"，舊時民間有掃帚星出現是不祥之兆的說法。
2. 攔關扶碑：有時簡稱"攔關"，形容力大無比。
3. 直鈎缺丁：能將彎曲的粗鐵釘弄直，也是形容人的力量極大。

4. 理會：這裏是體會、知曉的意思。

5. 當道撅坑：意為拚命、拚死。原意指兩人爭鬥，被打死的人就在路上被挖坑埋葬。

串講

可不就是人常說的"恭敬不如從命"，今天我要執行哥哥的命令。如果有人要欺負哥哥你，我和他馬上算帳，大白天就讓他見到那不祥的"掃帚星"。我的兩條臂膀力大無窮，我的兩隻大手也與眾不同。你可知道我的本性，我從來是路見不平，敢當場拚個你死我活，我大喝一聲，大海也會"咕嘟嘟"波濤翻騰，我撼動一下，連大山都會"轟隆隆"險些崩塌。誰要惹火了我這個黑臉的爹爹，我和他來一場苦鬥，直把他打得翻來倒去，如同那吊盤中的煎餅。

評析

高文秀的《雙獻功》與康進之的《李逵負荊》，是元雜劇水滸戲中專寫李逵形象的佳作，堪稱"雙璧"。《雙獻功》寫李逵奉宋江之命保護宋江的朋友孫榮，送他到泰安神州燒香，後又誅殺孫榮的繼室郭念兒和官府中的白衙內，因為他們苟合一處並加害孫榮。此曲為第一折套曲中的一支，是李逵下山前以人頭擔保，立下軍令狀後所唱，表現了對義軍領袖宋江的欽敬和堅決完成任務的決心。作為一個草莽英雄，其嫉惡如仇、勇猛豪爽的性格表現得十分鮮明，給人留下了深刻的印象。

這段唱詞主要採用白描手法刻畫人物，使用了許多方言俗語，使人感到真切生動，直率活潑。如"簸箕星"、"直釣缺丁"、"骨都都"、"吊盤的煎餅"等，很適合李逵的性格身份，同時襯字使用很多，如"則我這兩條臂攔關扶碑"中的"則我這"三個字，最後一句中的"翻過來落可便"六個字都是襯字，使雜劇節奏明快急促，唱詞風格也更顯豪放。從宮調的使用看，高文秀也與眾不同。元雜劇一般第一折用[仙呂宮]，他用了[正宮]，並在[正宮]套曲中出現了屬於[般涉調]的隻曲[哨遍]，這叫做"借宮"，因為[哨遍]的旋律慷慨激越，更能表現人物感情。高文秀被人稱為"小漢卿"，其"本色當行"的藝術特徵，確與關漢卿相似。

明抄本《雙獻功》書影

白　樸

［雙調］　得勝樂

> 紅日晚，殘霞在，秋水共長天一色[1]。寒雁兒呀呀[2]的天外，怎生不捎帶個字兒來？

注釋

1. 秋水共長天一色：語出唐人王勃所作的《滕王閣序》，上句為"落霞與孤鶩齊飛"，形容水天一色浩渺無垠的秋日開闊景色。
2. 呀呀：形容大雁的鳴叫之聲。

串講

　　傍晚時分太陽就要落山，晚霞還殘留在天邊，抬眼望去，秋水長天，相融一色。寒風中大雁"呀呀"地叫着，從天外飛來，卻又飛去了，它怎麼不捎來遠方人兒的隻言片語呢？

評析

　　白樸的這首小令是一首懷人念遠之作，大致可以判斷是代思婦立言。小令先寫紅霞滿天、水天相連的壯闊秋景，但"晚"、"殘"二字同時也映襯出思婦的寂寞傷感之情，因此是以景為主，景中含情。她已在水邊眺望許久，獨倚危樓，令人想起柳永的"誤幾回天際識歸舟"或溫庭筠的"斜暉脈脈水悠悠"之句。"雁聲"又將陷入沉思回憶中的"她"喚醒，在複雜的情緒中，她埋怨大雁沒有帶來她盼望的消息，其實分明是埋怨那個羈留他鄉，久久不歸的男子，或者是她的丈夫，或者是意中人，因此正表達

白樸像

了她的一片至情，可謂"無理而有情"。古代鴻雁可傳書，這一次這位思婦卻陷入失望之中了。白樸的小令富有文采，有一種詩詞化傾向，此曲寫出了人物內心感情細微的變化，希望與失望相交織，並且用景物烘托人物感情，使風格十分含蓄典雅。同元散曲中常見的奔放熱烈與火辣辣的戀情之作相比，見出差異。

［雙調］ 沉醉東風

漁　父

黃蘆岸白蘋[1]渡口，綠楊堤紅蓼[2]灘頭。雖無刎頸交[3]，卻有忘機友[4]。點秋江白鷺沙鷗。

傲殺人間萬戶侯⁵，不識字煙波⁶釣叟。

注釋

1. 白蘋：一種生長在淺水中的植物，夏秋開小白花，故名。

2. 紅蓼：為草木植物，多生在灘頭或淺水中。

3. 刎頸交：猶刎頸之交，指可以性命相許的朋友。

4. 忘機友：指淡薄名利，沒有利害之心的朋友。

5. 萬戶侯：漢代規定封侯者食邑萬戶，即享有一萬戶地方的田賦收入。這裏泛指達官顯貴。

6. 煙波：指江水浩渺，遠看如煙霧籠罩。

串講

　　黃蘆在秋江岸邊搖動，渡口旁長滿了白蘋，堤壩上挺立着綠楊，江灘頭有茂盛的紅蓼。雖然我沒有生死與共的至交，卻有這些看破名利沒有機心的朋友。它們就是正點染着秋江的白鷺與沙鷗。我傲視那些達官顯貴，雖然我只是個不識字的江上釣魚的老翁。

評析

　　小令描寫了一位在秋江垂釣的漁夫（即漁父），他沉醉自然，甘與鷗鷺為友，鄙視功名，傲視王侯，過着逍遙自在的生活。在詩歌中描寫和謳歌 "漁隱" 是一種傳統題材，由宋入元的詩人黃庚《漁隱為周仲明賦》中就寫了一位 "扁舟寄此情"，"惟尋鷗鷺盟" 的漁隱，借此寄託心情。白樸這首小令所寫的這位"不識字"的漁夫其實是個很有文化品格的隱士,其中當也有白樸自己的影子。他自幼經歷了家國之痛,母親被俘,與父親離散,故長大後不仕元王朝。因此,在一定程度上,也可把此曲視為白樸棄絕仕進的心聲的反映。

從內容看,層次分明。作品首先描繪了秋日江邊美麗的景色,句中"黃"、"白"、"綠"、"紅"四字,色彩明麗,相得益彰。第三、四句,寫與漁夫交往的朋友,是"忘機友"。第五句出人意表卻又耐人尋思,點明"忘機友"並非人類,乃是江上的鷗鷺,也表明了漁隱的特立獨行,在大自然中尋覓知音,此句還寫出了富有動感的江上風景,其中"點"字用得生動而新奇。六、七句寫出隱居生活的自豪感。一個"傲"字為詩眼,一語破題,表明傲岸不馴厭惡官場的人生態度,透露了對現實不滿的心情。此曲甚受稱讚,元人周德清、明人王世貞和清人李調元都有讚語,李調元《雨村曲話》中說:"命意造詞,俱致絕頂。"

唐明皇秋夜梧桐雨

第三折

［雙調］ 駐馬聽

隱隱天涯,剩水殘山五六搭[1];蕭蕭林下,壞垣[2]破屋兩三家。秦川[3]遠樹霧昏花,灞橋[4]衰柳風瀟灑;煞不如碧窗紗,晨光閃爍鴛鴦瓦。

注釋

1. 搭：處、塊。

2. 垣（yuán）：矮牆，也泛指牆。

3. 秦川：地名，指今天陝西西安市一帶。

4. 灞（bà）橋：橋名，本作"霸橋"，在長安東。自漢以來有風習，送客至此，折柳贈別，故又名銷魂橋。

串講

極目遠望，景物隱隱約約，何處是天涯？屬於大唐的殘山剩水只有五六處了；在蕭瑟聲中樹葉落下，依稀可見兩三家的壞牆破屋。長安一帶，高嶺遠樹籠罩在迷茫的霧氣中，灞橋邊上也許只有衰敗的柳枝還在秋風中恣意地搖動。這一切景象，真的不如昔日的宮廷，那裏有綠色的紗窗，鴛鴦瓦在清晨閃耀着它美麗的光輝。

評析

《梧桐雨》是白樸雜劇的代表作，是一部著名的悲劇，描寫唐明皇李隆基與貴妃楊玉環的愛情故事。清人朱彝尊《天籟集序》中說他在金元雜劇中"最喜仁父《秋夜梧桐雨》劇"。此劇第三折寫安史叛軍攻陷潼關後，長安一片混亂，李隆基淩晨率眷屬及少數近臣內侍倉惶出逃。這是該折的第二支曲子，描寫了剛剛逃出京城時，明皇所見的蕭條冷落的情形，由正末李隆基主唱。前四句描繪逃亡途中之所見，表現了主人公內心的悲涼傷感之情。"隱隱天涯"有前途渺茫之感，"剩水殘山五六搭"極言國土淪亡,安史之亂使大唐帝國山河殘破,唯有西蜀江淮和南方數塊地域尚未淪陷。"兩三家"顯示民生凋蔽,人煙稀少。後四句寫唐明皇凝視長安一帶,懷念昔日宮廷舒適的生活。霧中"遠樹"、風中"衰柳"使他陷入回憶之中,這位多情的皇帝此時更加懷戀皇宮中賞心悅目的"碧窗紗"、"鴛鴦瓦"。

此曲在寫作上最大的特點,是通過景物描寫展現人物微妙複雜的內心世界,有失意,有感傷,還有回憶、嗟歎……並化用唐人的有關詩意,如杜牧《華清宮》詩:"蜀峰橫慘澹,秦樹遠微茫。"此詩本就是寫李、楊之事的,白樸把後句化入曲中,自然天成。這首小令前四句兩兩對仗,不僅求形式之美,還隱隱暗含對比:抒情主人公不同心境的對比,更突出了出逃途中情緒的悲涼,也使曲情更顯得纏綿曲折。

第四折

［正宮］ 叨叨令

一會價[1]緊呵,似玉盤中萬顆珍珠落;一會價響呵,似玳筵[2]前幾簇笙歌鬧;一會價清呵,似翠岩頭一派寒泉瀑;一會價猛呵,似繡旗下數面征鼙[3]操。兀的不惱殺人也麼哥!兀的不惱殺人也麼哥!則被他諸般兒雨聲相聒噪[4]。

注釋

1. 一會價：指極短的時間。價，語尾助詞，無意，略如今語之
   "兒"、"個"、"地"等字的用法。
2. 玳筵：也可寫作"玳瑁筵"，謂豪華、珍貴的筵席。
3. 征鼙（pí）：一種軍中用鼓。
4. 聒（guō）噪：喧擾，聲音嘈雜。

串講

　　這雨打梧桐的聲音，一會那麼緊急呵，就像有萬顆珍珠落
入玉盤；一會那麼響亮呵，似豪華宴席上幾支喧鬧的樂隊；一會
又這樣清厲呵，如同蒼翠峰上飛落下的寒泉瀑布，一會又如此猛
烈呵，如同繡旗下幾面軍鼓在敲。真的是煩惱死我了呀，真的是
煩惱死我了！這諸多的雨聲嘈雜喧擾，使得我心煩意亂！

評析

　　《梧桐雨》全稱為《唐明皇秋夜梧桐雨》，是從白居易《長
恨歌》中"秋雨梧桐葉落時"的詩意演化而來。第四折一共有
二十三支曲子，此為第十八支。這折寫唐明皇剛剛入睡，就夢
見楊玉環請他去長生殿赴宴，往日富貴奢華的生活又重現出
來，但很快就被雨聲驚醒。這支曲子就是寫他聽雨時的種種感
受，這裏，雨聲不是主人公憂傷情緒的陪襯，已成為他抒情的
對象與焦點，作者為明皇思念貴妃佈置了一個典型環境，時間
是深秋的夜晚，地點是冷寂的深宮，面對着楊貴妃的畫像，聽
着窗外雨打梧桐，感受着幽清陰冷的氣氛。此曲最典型的修辭

手法就是比喻，四個比喻句又構成了排比，分別突出了雨聲的緊急、響亮、清厲和猛烈，白樸將它們分別比喻成珍珠落玉盤，笙歌鬧盛宴，又如寒泉飛瀑，聲聲戰鼓。這是煩雨，是鬧雨，又是愁雨，苦雨，抒寫了明皇孤淒、愁苦與煩亂的心情，通過比喻，借助雨聲，將人物內心抽象的感情形象化了，景物也染上了人物的主觀色彩，從而創造了濃郁的抒情氛圍，堪稱絕唱。此劇寫雨聲與《西廂記》寫琴聲，《漢宮秋》寫雁聲異曲同工，都很出色。近人劉咸炘《文學述林・曲論》中說：「馬東籬《漢宮秋》以聞雁終，白仁甫《梧桐雨》以聞雨終，所以成其佳妙。」

［正宮］　黃鐘煞

順西風低把紗窗哨[1]，送寒氣頻將繡戶敲。莫不是天故將人愁悶攪！度鈴聲響棧道，似花奴[2]羯鼓調，如伯牙水仙操[3]。洗黃花，潤籬落[4]；漬[5]蒼苔，倒牆角；渲湖山，漱石竅[6]；浸枯荷，溢池沼。沾殘蝶粉漸消，灑流螢焰不著。綠窗前促織叫，聲相近雁影高。催鄰砧處處搗，助新涼分外早。斟量來這一宵，雨和人緊廝熬，伴銅壺[7]點點敲，雨更多淚不少。雨濕寒梢，淚染龍袍，不肯相饒，共隔着一樹梧桐直滴到曉。

注釋

1. 哨：梢，指風雨偏向某方灑落。梢雨，猶飄雨。
2. 花奴：唐玄宗時汝南王李璡的小名，他善擊羯鼓。
3. 伯牙水仙操：相傳周代俞伯牙在東海蓬萊山上，聞海水澎湃翻騰，山林群鳥之聲，製成琴曲，名《水仙操》。
4. 籬落：即籬笆。
5. 漬：浸透。
6. 石竇：石洞、石穴。
7. 銅壺：古代的計時器。

串講

　　順着秋風，雨點吹向了紗窗，雨送來了寒氣，不停地敲打着美麗的宮門。莫非是老天故意要攪擾得我愁悶煩惱？雨聲猶如響徹在棧道上的鈴聲，如同花奴擊打羯鼓的聲音，又如俞伯牙彈奏的《水仙操》曲。雨水洗滌了菊花，清潤了籬笆，浸濕了蒼苔，傾瀉在牆角；把湖山淋澆，使石洞蕩洗；浸透了枯荷，溢滿了池沼。殘蝶沾水褪去了粉，流螢滴雨不再發光。碧綠的紗窗前蟋蟀卻依舊在鳴叫，雖然看不見高處的雁影，雁聲卻已近耳聽到。秋聲督促擣衣聲更加急促，秋雨幫助天氣早早變涼。仔細想來這一夜，雨和我緊緊相熬，伴隨着計時的銅壺聲一滴一敲，雨水很多，我的淚水也不少。雨水打濕了樹梢，淚水也染透了我的龍袍，雨和淚都不肯饒過我這個孤寂之人，它們一起隔着這梧桐樹，從夜晚一直滴落到天光明曉。

評析

這是《梧桐雨》全劇的最後一支曲子，也是抒情的高潮所在。全曲可分為三個層次，第一層從開頭到“如伯牙水仙操”，承接前曲，繼續寫聞聽雨打梧桐的感受。使用了三個比喻，說雨聲如同鈴聲、鼓聲和琴聲。第二層從“洗黃花”到“助新涼分外早，”主要寫主人公的主體想像，想像雨灑山河大地各個角落的情形。描寫的範圍很廣，既有寬闊的“湖山”、“池沼”，也有細小的“殘蝶”、“流螢”，動詞使用極為豐富，如“洗”、“漬”、“浸”、“溢”、“沾”、“灑”，均與雨水有關，短句較多，表現了情緒的急促與內心的焦燥，突出體現了一個夜晚無眠的老人，一個已成“太上皇”的“孤家寡人”精神恍惚的心理特點。第三層從“斟量來這一宵”至結束，總寫一夜無眠的心情。“雨更多淚不少”，點明痛苦孤寂的情懷。似乎“雨”、“淚”都難以控制，都不肯饒過他，都在滴落不已，將二者擬人化了。結尾回味悠長，這雨隔着梧桐，滴落在大地，也滴落在明皇及讀者的心上，此時，作者又將目光從室外移回宮內。曲子抒情極為纏綿悱惻，百轉千回，極盡鋪排。雨多、淚多，代表愁多、苦多，似乎老天都在同情明皇的遭遇。

如果從《梧桐雨》給予人們的實際感受來探索作者的創作意旨，就不妨說他是通過李、楊故事來抒發一種在美好的東西失去以後，無法復得的寂寞和哀傷，一種從極盛到零落的失落感。此劇為具有濃厚抒情意味的“詩劇”，如果不把“詩劇”僅僅狹隘地理解為劇中曲詞的優美動人，富有抒情意境，而是注意到白樸繼承了我國詠史詩的一種傳統，着重通過這一歷史故事，來抒發作者感情這一特點，那麼，說它是"詩劇"，就更恰當了。作品是要通過李、楊故事抒發一種"滄桑之歎"，這也並不偶然，劇中迴旋的人生變遷之歎，以及對這種變遷產生的惋惜、凄側之情，又是元代相當一部分知識份子的普遍情緒，改朝換代，民族壓迫，懷才不遇，對現實失望，也容易產生懷舊和盛世難逢的感傷，劇本表達的思想的時代色彩就在這裏。

姚 燧

［中呂］ 普天樂

別　友

浙江¹秋，吳山²夜。愁隨潮去，恨與山疊。塞雁來，芙蓉謝。冷雨青燈³讀書舍，怕離別又早離別。今宵醉也，明朝去也，留戀些些⁴。

注釋

1. 浙江：又稱錢塘江。
2. 吳山：在杭州西湖東南，春秋時代為吳國南界。
3. 青燈：舊時指油燈，因其光亮青熒微弱得名。
4. 些些：一些，一點兒。按曲韻，此處“些”音“顯”。

串講

面對秋天的浙江，夜晚的吳山，我的憂愁有如湧去的潮水，不可遏止，我的離恨恰似高聳的山峰，重重疊疊。塞北的大雁飛來了，池中的芙蓉花已經凋謝了。冷冷的秋雨中，微弱的油燈下，清冷的書齋裏，我非常害怕離別，但還是不得不分別了。今宵相與一醉吧，明早就要離去，留戀的時間真的十分少了。

評析

《普天樂》是一首離別送行之作，作者在杭州為友人餞行，充滿惆悵傷感之情。內容可分兩段，從開頭至"芙蓉謝"，以寫景為主，作者結合季節與地域特徵來描寫，暗寓別情。尤其是"愁隨潮去"兩句，寫"愁"如錢塘江潮，表現離情之洶湧澎湃；"恨"如吳山重疊，極寫堆積沉重之感。一動一靜，情景交融，景物從地面寫到天空，極為開闊。"愁"、"恨"為點明題旨之詞。"冷雨青燈"至末句，主要以抒情為主。"離別"一詞的重複出現，再次點題，並與前面呼應。結尾既寬解了自己，又安慰了友人，有些傷感又作曠達之態，將"恨與山疊"的感情稍加收束。此曲不用典故，不刻意修飾，即景抒情，清麗雅致。周德清將它作為"定格"之例選入《中原音韻》，評曰："造語、音、律、對偶、平仄皆好。"可見當時就已有影響，堪稱膾炙人口。

[越調]　憑闌人

寄征衣[1]

欲寄君[2]衣君不還，不寄君衣君又寒。寄與不寄間，妾身[3]千萬難。

注釋

1. 征衣：這裏指征夫的服裝，征夫也叫征人，指遠行在外的人，也可以指出征的士兵。

2. 君：此處指妻稱丈夫。

3. 妾身：古代已嫁婦女對自己的卑稱。

串講

　　想給您寄去衣服，又怕您不再惦記回家，如果不寄去這些衣服，又擔心您會身體受寒。在這寄還是不寄之間，讓我感到真的非常為難。

評析

　　這首小令在元明之間頗為流傳，它以十分樸實自然的語言描寫了思婦懷念遠行丈夫的心情，刻畫其矛盾心理和情感的波動，極為成功。作品構思新巧，側重寫女子對征人的關懷，並且從季節變換後寄征衣這一真實的日常生活細節入手，顯示了她柔情萬種的內心世界及殷切盼望丈夫歸來的心情，她的體貼用心，她的孤單寂寞，她對丈夫的深切依戀，都在這“寄與不寄”的矛盾心理中含蓄地表現出來了。可謂平淡中見深情，至愛無聲。這首短短的小令，重複的字有十三個，如“君”、“寄”都分別出現了四次，“不”字出現三次，語言的重複與通俗，使小令韻律和諧婉轉，易於記誦傳唱。文字十分簡潔，卻為讀者體會人物及其心理提供了廣闊的空間。作品風格近於樂府民歌，又兼有散曲自然率真的特色，字字明白如話，又語語充滿深情，因此，歷來為人所稱道。近代吳梅《顧曲塵談》中稱讚此曲“深得詞人三昧”。

［中呂］　陽春曲

筆頭風月[1]時時過，眼底兒曹[2]漸漸多。有人問我事如何，人海闊，無日不風波。

注釋

1. 風月：清風和明月，引申為美好風光。
2. 兒曹：這裏指後輩子孫。

串講

　　清風明月在我筆下常見，兒女子孫在我眼前增多。有人問我事情作為如何？我說人海茫茫，哪一天沒有風波！

評析

　　這首小令抒發了對時光流逝、世事滄桑的感歎，也表達了對紛爭不斷的世情的鄙棄。一、二句以眼中兒曹漸多來反襯自己年歲的增添，也就是感歎時光的流逝。三、四句以人海無日不風波，表達作者對那些為一己利益爭鬥不已之人的厭棄和鄙視。

　　姚燧以文章名世，清人黃宗羲於元代文章家中尤其激賞姚燧和虞集。正如宋代文章大家歐陽修也善於寫詞一樣，姚燧也善於寫曲，他的曲中經常出現雅俗相襯的手法，這支小令則更趨本色，多用口語，朗朗上口，明曉流暢。姚燧詩文風格宗唐代韓愈，古奧鎣剛，同他的散曲創作大見異趣，與同時代文人王惲等慣於以詞律曲，也相殊異。與姚燧同時的盧摯也是著名文章家，主張為文要直追先秦，所謂“字字土盆瓦釜”，但他也是散曲行家。在散文方面，世稱姚、盧比肩，其實他們在散曲方面也可並美。

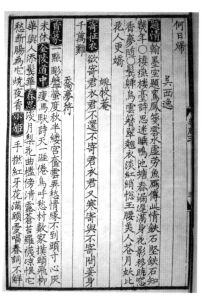

元本《太平樂府》姚燧曲作書影

馬致遠

［越調］ 天淨沙

秋　思

　　枯藤老樹昏鴉[1]，小橋流水人家，古道西風[2]瘦馬。夕陽西下，斷腸[3]人在天涯[4]。

注釋

1. 昏鴉：黃昏時要歸巢的烏鴉。
2. 西風：古人用東風指春風，西風則指秋風。
3. 斷腸：形容悲傷到了極點。
4. 天涯：天邊，很遠的地方。

串講

　　乾枯的藤條纏繞着古樹，黃昏時烏鴉正繞樹覓巢，不遠處小橋流水的旁邊，散落着已升起炊煙的人家。我騎着一匹瘦馬，迎着秋風，緩慢地行走在古道上。此時，正當夕陽西下，四顧茫茫，我這個斷腸人呵，正飄泊在遠離家鄉的遙遠的天涯。

評析

　　這首散曲是馬致遠的傑作，描繪了一幅秋郊黃昏遊子行旅圖，反映了遊子飄泊異鄉的寂寞孤苦之情，引起了歷代讀者的強烈共鳴。

此曲寫法十分獨特，前三句九個名詞連用，純粹寫景，造成意象的重疊。第一句渲染了深秋荒野淒涼的情境，為近景描寫，"枯"、"老"、"昏"作為定語，體現了遊子獨特的感受。如"昏"字，既有"黃昏"之意，又有"迷亂"、"朦朧"之感，映射了人的感情，主客雙寫。第二句的"小橋流水人家"，使畫面色調有了變化，顯得十分寧靜溫馨，視線向遠處延伸，隱約透露了遊子思鄉盼歸之情。第三句將鏡頭拉向更遠，傾吐了異鄉飄泊的無盡孤獨。"古道"暗示從古至今，遊子之多，"西風"和"秋思"相呼應，"瘦"字有"疲憊"之意，表明旅途的艱苦。"物尤如此，人何以堪？"為下文做好鋪墊，"夕陽西下"，描繪了一幅極為壯闊的背景，將九種意象統一在黃昏的色調中，最後一句為主觀感情的噴發，推出了抒情主人公的形象："斷腸"的遊子。"斷腸"點明一個"思"字，力透紙背，反映了思鄉思歸之情，形象而生動。

《秋思》描寫了一個典型的"有我之境"，做到了"一切景語皆情語"，感情濃烈，引人聯想。作者選取了典型的時空來抒情，時間選取的是一年將近的深秋，而且是一天中的黃昏之時，空間選取的是遠在"天涯"的異鄉，是漫長漂泊途中的一個地點，更便於抒發羈旅之思。馬致遠將"悲秋"與"遊子思歸"這兩個常見的古代文學的主題融合起來，並加以昇華，藝術表現很有獨到之處。此曲為周德清視作"秋思之祖"（《中原音韻》），王國維《人間詞話》說此曲"寥寥數語深得唐人絕句妙境。有元一代詞家，皆不能辦此也"。

［南呂］ 金字經

> 夜來西風裏，九天鵬鶚[1]飛。困煞中原[2]一布衣[3]。悲，故人知未知？登樓意[4]，恨無上天梯。

注釋

1. 鵬鶚（è）：本是兩種鳥的名字，這裏專指大鵬。
2. 中原：指今河南、河北南部，山西東部和陝西東部一帶。
3. 布衣：指沒有功名的平民。
4. 登樓意：漢末三國時人王粲曾寫《登樓賦》，抒發懷才不遇之感。

串講

秋天的夜晚西風蕭瑟，我在夢中見到天空中的大鵬展翅高飛。而我這一介書生求仕不順，艱難到了極點，我的朋友是否知道呢？我與王粲當年登樓的心情何等相似，只恨沒有一展宏圖青雲直上的階梯。

評析

馬致遠的散曲內容大致可分為四類：寫景、歎世、詠史、言情，其中"歎世"之作數量最多，這首小令就是其中的上乘之作，它表現了一個文人矛盾徘徊與憤世嫉俗的感情，描寫不能忘懷的"青雲之志"，此曲可能是馬致遠早年之作，那時他曾企盼功名，但在元王朝停止科舉時期，可視為是文人的普遍心理。

起句先寫夢境，以寫景起興，暗寓理想。"九天鵬鶚"的意象源於莊子《逍遙遊》中那個"鵬之背不知其幾千里也"的由鯤變化而來的大鵬形象，它早已成為志向遠大的象徵。第二句寫懷才不遇、困苦窘迫的痛苦現實。"困煞"表示程度之深，極為有力，後面直接寫心情，從"悲"與"恨"二字中體現，此為主題所在，並希望朋友引薦，對未來仍抱有希望。"恨"既有怨恨，亦有"遺憾"之意。用王粲的典故，表示自己渴望一展才學，報效朝廷，如同大鵬翱翔九天，實現凌雲之志。曲中的"我"，一沒有科舉這個"天梯"，二無"故人"引薦提拔，因此，現實中處處碰壁，心情沉痛，苦苦在理想與現實、失望與希望中掙扎。此曲除了化用莊子和王粲典故外，還有對金代李汾《下第》詩中"東風萬里衡門下，依舊中原一布衣"句的借用。

［雙調］　夜行船

秋思（節錄）

［離亭宴煞］蛩吟罷一覺才寧貼，雞鳴時萬事無休歇。何年是徹[1]？看密匝匝[2]蟻排兵[3]，亂紛紛蜂釀蜜，急攘攘[4]蠅爭血。裴公綠野堂[5]，陶令白蓮社[6]，愛秋來時那些：和露摘黃花，帶

霜⁷分紫蟹，煮酒燒紅葉。想人生有限杯，渾⁸幾個重陽節？人問我頑童⁹記者¹⁰：便北海¹¹探吾來，道東籬醉了也。

注釋

1. 徹：通"撤"，盡，完結。
2. 密匝匝（zā）：稠密的樣子。
3. 排兵：排成兵陣。
4. 急攘攘（rǎng）：急迫紛亂的樣子。
5. 裴公綠野堂：唐代裴度主朝政三十年，封晉國公，晚年不滿時政，歸洛陽築綠野草堂，宴遊其間，不問世事。
6. 陶令白蓮社：陶淵明辭去彭澤縣令後歸隱。廬山東林寺僧人慧遠與人結成白蓮結社，陶曾前去參加詩社活動。
7. 帶霜：猶行霜，意謂霜後的日子，也可解為霜降後。
8. 渾：一共。
9. 頑童：指身邊侍奉的小童。
10. 記者：記着，者：語助詞。
11. 北海：孔融為"建安七子"之一，曾任北海太守，世稱孔北海，好客喜飲。

串講

　　深夜時分，秋蟲不再叫了才能安心睡眠，天還未亮，聽到雞鳴就要起床，事情煩多，不能停止。這樣的生活什麼時候才是盡頭？世人爭名奪利，如同密密麻麻排陣尋食的螞蟻，如同急急匆匆忙着採花的蜜蜂，也如同嘈雜無比爭搶着吸血的蒼蠅。我羨慕裴公在綠野草堂逍遙，陶淵明在白蓮詩社閒談，喜愛秋季的這種生活：採摘還帶着露水的菊花，分開霜後的紫蟹來吃，燒着秋葉來熱酒。細想人生能喝多少酒呢？又能過多少個重陽節呢？別人如果問起我來，小童你可要記住了：即使像當年的孔融那樣的名士來訪問我，你也說我馬東籬已經喝醉了，不能見客。

評析

　　馬致遠既有《秋思》小令，也有同名套曲，這裏選擇的是套曲的最後一支曲子[離亭宴煞]，是對全曲思想內容的概括和總結。作者嘲諷了塵世的爭名逐利，抒寫了隱逸生活的情趣。可以劃分為三段內容，第一段從開頭至"急攘攘蠅爭血，"運用形象生動的比喻手法描寫了塵世的紛亂嘈雜，以"蟻"、"蜂"、"蠅"的爭鬥搶奪，比喻世人無休無止的鑽營奔忙。第二段從"裴公綠野堂"至"煮酒燒紅葉"，表現作者的理想，描繪他喜愛的閒適淡泊的隱居生活。有黃花、紫蟹、紅葉、美酒相伴，作者陶醉其中，在重陽節更感到了隱居生活的快樂。第三段，從"想人生有限杯"至最後，寫作者的思考與醉態，表現了他無拘無束的個性。此處更鮮明地體現了其與眾不同的狂放超脫之情，如果把這支曲子視為純屬宣揚及時行樂的人生觀，就流向片面，它主要是反映了元代文人借酒澆愁，以此解除精神痛苦的一面。這篇作品藝術風格豪放，本色自然，以鮮明形象的畫面，表現強烈的情感，是元散曲前朝的代表作。語言流暢爽朗，一氣呵成，極有個性，因而一直為人們稱道。周德清《中原音韻》從音韻曲律角度認為其"萬中無一"，王世貞《藝苑卮言》評為"放逸宏麗，而不離本色，押韻尤妙"，近人吳梅《中國戲曲概論》中說："《秋思》一套，則有似長歌矣，且通篇無重韻，尤較詩作為難。周德清評為元詞之冠，洵定論也。"

［南呂］ 四塊玉

天台路

采藥童，乘鸞客，怨感劉郎[1]下天台[2]。春風再到人何在？桃花又不見開。命薄的窮秀才，誰叫你回去來。

注釋

1. 劉郎：指劉晨，《太平御覽》載有劉晨、阮肇入天台山採藥遇到仙女的故事。
2. 天台：山名，在今浙江臨海市天台縣北。

串講

劉晨在天台山遇見仙女並且成婚，但他卻又離開了天台，仙女怨恨他，採藥的童子也為之感歎。他的家園早已零落，面目全非。他想再回仙鄉，只屬徒勞，因為春風即使再來，桃花也不會開，仙人何在呢？哎，劉晨，你這個命薄的窮秀才，誰讓你非要回到塵世去呢？

評析

　　劉、阮入天台在古代是個有名的故事，最早見於南朝宋劉義慶所撰《幽明錄》，原書已佚，今見《太平御覽》、《太平廣記》。故事寫進入天台山採藥的劉晨和阮肇，在山中遇見兩位美貌女子，結為夫婦，在山中生活了半年，二人思鄉心切，回到人間，才發現已過了十世，方知先前進入了仙境，但再想回去已不可能了。此曲開頭即寫劉晨決定離開仙境，下山歸鄉，但這是天壤之別，按曲意，可以看出作者認為劉晨做了錯誤的決定，實是表現了馬致遠不滿現實的思想。從"春風再到人何在"到結束，表明作者的感歎之情，鄉村零落，仙境難尋，劉晨的尷尬、無奈可想而知，《太平御覽》寫他回鄉看到一片蕭條景象，"親舊零落，屋邑改異，無復相識"。"桃花"象徵着無憂無慮的仙境生活。陶淵明《桃花源記》中就描寫了一個理想世界。在此曲結尾，作者用幽默的筆調，譏諷劉晨，但透露出來的感慨卻是沉重的。劉、阮故事最早出現在戰亂頻仍、社會動盪的魏晉南北朝時代，不難理解。後世人們把它作為典實使用時，或指求仙，或指男女愛情。元代社會矛盾十分尖銳，儒士的出路成為一大社會問題，文人懷才不遇，比比皆是。馬致遠此曲表現出的對現實社會的厭棄和對以"仙境"為象徵的美好世界的嚮往，實際上是有廣泛代表性的心態。

［雙調］　清江引

野　興

> 西村日長人事少，一個新蟬噪。恰待葵花開，又早蜂兒鬧，高枕上夢隨蝶去[1]了。

注釋

1. 夢隨蝶去：指《莊子·齊物論》中記載的莊周夢中變成蝴蝶事。

串講

　　西村白天很長，俗事很少，一隻新蟬已經開始鳴叫，剛剛等到葵花開放了，蜜蜂就在採花喧鬧。我像莊子一樣，枕上高臥，在夢中追隨那蝴蝶去了。

評析

　　馬致遠的以“野興”為題的小令共八首，此為第七首。小令寫初夏時節小村裏寧靜閒適的生活，表現了作家灑脫從容的心態。開首兩句動靜結合，描寫村裏的無比寧靜。“西村”交待地點，“日長”為天氣特徵，“人事少”突出一個“靜”字。“一個新蟬”告訴讀者剛剛進入夏季，“噪”為以動襯靜，令人想起：“蟬噪林愈靜，鳥鳴山更幽”的意境。開首兩句以敘事為主，突出了作者對這種沒有羈絆、自由自在的鄉居生活的喜悅。後文則是視聽結合，描繪鄉村景物，抒發內心感受。“恰待”、“又早”表明時間的承接，暗寓他一直興致勃勃觀賞着這一切，一邊是"葵花開"，一邊"蜂兒鬧"，場景刻畫生動，蜜蜂的勤勞，葵花的可愛，都生動體現出來了。結尾用莊周蝶夢典故抒情，莊周夢見自身也成了蝴蝶，醒後卻又不知是他化成蝴蝶，還是蝴蝶化成了他。這首曲子中的主人公也正逍遙自在，在這幽靜的小村中，欣然睡去，在"新蟬噪"與"蜂兒鬧"的襯托下，更見心態之寧靜，高臥之適意，夢境之舒暢。這種描寫實是反映了馬致遠忘懷世事、與世無爭的隱居情懷。小令風格平淡自然，使人連想到陶淵明的閒適詩風，淡而有味，意在言外。

破幽夢孤雁漢宮秋

第一折

［仙呂］　混江龍

料必他珠簾不掛，望昭陽[1]一步一天涯。疑了些無風竹影，恨了些有月窗紗。他每見弦管聲中巡玉輦，恰便似斗牛星畔盼浮槎[2]。［旦做彈科］［駕云］是哪裏彈的琵琶響？［內官云］是。［正末唱］是誰人偷彈一曲，寫[3]出嗟呀？［內官云］快報去接駕。［駕云］不要。［唱］莫便要忙傳聖旨，報與他家[4]。我則怕乍蒙恩把不定心兒怕，驚起宮槐宿鳥，庭樹棲鴉。

注釋

1. 昭陽：漢武帝後宮分八區，中有昭陽殿，為皇后所居。這裏指皇帝時常臨幸的所在。
2. 浮槎（chá）句：槎：木筏。古代傳說，天河與海相通，年年八月，有浮槎去來，海邊有人乘槎至天河，看到了天上宮中的織女和牛郎。斗牛：牛郎星。這裏比喻宮女盼望皇帝的來臨，就像盼望天上的木筏來到，以便乘筏上天一樣。
3. 寫：通"瀉"，宣瀉。
4. 他家：即"他"，指王昭君，"家"用作語尾助詞，無義。

串講

　　想必那些宮娥不會掛上珠簾，她們望着昭陽殿，感到一步之遙，即有天涯之感。無風時看到迷離的竹影也疑心是皇帝來到，有月時看到月光透過窗紗也會有遺憾之感。她們盼望聽到御輦駕臨時的弦管聲，就如同盼望浮槎到來可以上天一樣。是誰在後宮偷偷地彈奏了樂曲，傾瀉出心中的憂傷感歎？不要馬上進去通傳聖旨，報與她知道。我是擔心她剛剛蒙恩說不定心裏會害怕，會驚起宮中槐樹上棲息的鳥兒，庭院中樹上的烏鴉。

評析

　　《漢宮秋》是馬致遠雜劇的代表作，也是與《竇娥冤》、《梧桐雨》、《趙氏孤兒》並稱的著名悲劇，這四部作品被今人稱作"元曲四大悲劇"。馬致遠此劇為末本戲，由漢元帝主唱。

這是《漢宮秋》第一折中的第二支曲，毛延壽點破王昭君畫像，她被打入冷宮，寂寞時彈起琵琶，為漢元帝聽到，聞聲尋來，由此展開了一段戀情。以中間人物對白為界，這個曲子寫了兩部分內容。先寫漢元帝在寧靜的深宮夜巡，他想像着宮妃們盼望皇帝臨幸的急切心情，如同人們盼望可以到天上的木筏來到一樣。後寫漢元帝

明刊《古雜劇》本《漢宮秋》插圖

聽到琵琶之聲，要去尋找昭君，卻又怕驚嚇了昭君，不讓傳報。一聲琵琶，打破了後宮的寧靜，可見王昭君與眾不同的個性。元帝尋聲聽琴，感到了"嗟呀"之歎，可謂"知音"。曲子表現了漢元帝細膩溫柔、憐香惜玉的性格，為後面寫倆人的戀情做了很好的鋪墊。曲中"一步一天涯"、"無風竹影"和"有月窗紗"句，也是寫宮怨的絕妙曲句。清人梁廷楠激賞此曲，他在《曲話》中說："寫景寫情，當行出色，元曲中第一義也。"近人王季烈《螾廬曲談》說此曲"詞旨妍麗"，可與《西廂記》曲文相頡頏。

第二折

［南呂］　鬥蝦蟆

當日個誰展英雄手，能梟[1]項羽頭，把江山屬俺炎劉？全虧韓元帥[2]九里山[3]前戰鬥，十大功勞[4]成就。恁也丹墀[5]裏頭，枉被金章紫綬[6]；恁也朱門裏頭，都寵着歌衫舞袖。恐怕邊關透漏[7]，殃及家人奔驟[8]。似箭穿着雁口，沒個人敢咳嗽。吾當僝僽[9]，他也他也紅妝年幼，無人搭救。昭君共你每有甚麼殺父母冤仇？休休，少不的滿朝中都做了毛延壽！我呵，空掌着文武三千隊，中原四百州；只待要割鴻溝[10]。陡恁的[11]千軍易得，一將難求。

注釋

1. 梟（xiao）：即梟首，懸頭示眾。
2. 韓元帥：即韓信，劉邦的開國功臣，後被呂后所殺。
3. 九里山：今江蘇省徐州市北。相傳為秦末劉邦、項羽交戰的戰場。又一說，指劉邦徹底打敗項羽的垓下之戰所在，在今安徽境內。
4. 十大功勞：元無名氏《隨何賺風魔蒯通》雜劇中韓信謀士蒯通歷舉韓信之功有十件，一為明修棧道，暗度陳倉；二為擊殺章邯等三秦王，取了關中之地，等等。

5. 丹墀（chí）：古代宮殿前的石階，漆成紅色，故稱。

6. 金章紫綬：章：印章；綬：印帶。金章紫綬，借指高官。

7. 邊關透漏：意謂邊關被攻破。

8. 奔驟：乘馬疾馳，此指逃難。

9. 孱僽（chán zhòu）：憂愁，煩惱。

10. 割鴻溝：楚漢相爭時，項羽曾與劉邦約和，答應割鴻溝以西之地歸漢。鴻溝：即今河南省賈魯河。

11. 陡恁的：“簡直是”之意，“陡恁”也作“恁陡”。

串講

想當年是誰展現出了英雄的身手？能殺掉項羽，讓江山歸了我們劉家？全都虧了韓信在九里山前英勇戰鬥，他有十件赫赫戰功成就。你們站立在華麗宮殿的台階上面，卻白做了高官重臣；你們也住在豪華的朱門裏面，身邊都有美女簇擁，卻害怕昭君不去和番，邊關被攻破，殃及你們逃難避禍。現在全無退敵之策，彷彿被箭射穿了雁口，沒有一個人敢咳嗽一聲。我十分憂愁，她呀，她那麼青春年少，卻沒人肯搭救。王昭君與你們有什麼殺父之仇？罷了，罷了，看來無非是滿朝的人都做了奸臣毛延壽！我做為皇帝呵，白白掌控着眾多的文武官員，白白管理着大片的中原土地，看來只能等待着割地受辱了。真正是多少個士兵都容易找到，一個好將軍卻十分難求。

評析

　　這是《漢宮秋》第二折裏的一支曲子，漢元帝發現了美麗的昭君，毛延壽索賄醜聞敗露，攜昭君圖像逃至匈奴，單于見圖豔羨，派番使前來要人，否則要對漢朝動兵。大臣們為求自保，都勸漢元帝同意和番。這裏，漢元帝譴責懦弱無能的文武大臣，對他們卑躬屈膝的行為表示了強烈的不滿。全曲可分三個段落：第一段從開頭至"十大功勞成就"，講述西漢開國功臣韓信元帥的功勞，稱他為"英雄手"，以譏諷朝中大臣的無能。第二段從"恁也丹墀裏頭"至"有甚麼殺父母冤仇"，一針見血地指出他們要犧牲昭君就是為了保全自己。"似箭穿着雁口"，則生動寫出了大臣毫無退敵之策不發一言的猥瑣內心。"吾當僝僽"，為元帝直抒胸臆之句，表明他對昭君的一片深情，卻無法搭救。第三段從"休休"到結束，唱出了漢元帝對大臣的極度失望，並慨歎如韓信那樣的人才"一將難求"。其中"少不的滿朝中都做了毛延壽"，大膽批判了叛臣與自私無能的大臣，憤激之情達到了高潮。

　　《漢宮秋》把王昭君悲劇的產生歸結為奸臣的賣國與百官的無能。曲詞寫事傳情，時而歷史，時而現實，時而悲歎，時而怒斥。緊接着此曲的道白中，還有"久已後也不用文武，只憑佳人平定天下便了"，更屬激憤之言。但後世論者認為，缺乏自責，是劇中漢元帝形象的最大缺點。

第三折

［雙調］ 梅花酒

　　呀！俺向着這迴野悲涼，草已添黃，兔早迎霜。犬褪得毛蒼，人挪[1]起纓槍，馬負着行裝，車運着糇糧[2]，打獵起圍場[3]。他他他，傷心辭漢王；我我我，攜手上河梁[4]。他部從入窮荒，我鑾輿返咸陽。返咸陽，過宮牆；過宮牆，繞迴廊；繞迴廊，近椒房[5]；近椒房，月昏黃；月昏黃，夜生涼；夜生涼，泣寒螿[6]；泣寒螿，綠紗窗；綠紗窗，不思量！

注釋

1. 挪（shuò）：扎、刺，此處可釋為"扛"。
2. 糇（hóu）糧：乾糧，糇，也寫作"餱"。
3. 圍場：舊時供皇帝、貴族設圍打獵的大塊場地。
4. 河梁：指橋，漢代無名氏古詩有"攜手上河梁"句，後因以喻離別之地。
5. 椒房：漢皇后居住的地方，據說用香椒塗牆，故稱。
6. 螿（jiang）：蟬的一種。

串講

啊！我面對着這悲涼的原野，看到秋草已經枯黃，兔兒身上雪白如霜，狗已退去了它蒼色的毛，獵人扛起了纓槍，還有負載着行裝的車馬，車上運載着乾糧，去往打獵的圍場。昭君她傷心地告別了我這個大漢天子；而我不得不像古詩中所說的那樣，同她河梁分別。匈奴迎親的一行人消失在遠方，我也要乘着車駕返回皇宮。返回都城，經過了宮牆；經過了宮牆，繞過了迴廊；繞過迴廊，走近了昔日昭君的住處；進入了她的房間，已經月色昏黃；月色昏黃之時，夜晚寒氣襲來；夜晚天氣變涼，我聽到了寒蟬的哀鳴；寒蟬的悲泣中，我又看到了綠色的紗窗；看到綠色的紗窗，我如何能夠再去思量！

評析

此曲是《漢宮秋》第三折第十支曲。王昭君被迫去國，漢元帝與她生離死別。此曲為漢元帝與昭君分別後所唱，深刻刻畫了他極為淒涼孤寂而又痛苦無奈的心情。可分三層意思，第一層從開頭到“打獵起圍場”，描繪分別的背景，敘寫了蒼涼的深秋景象，渲染了濃重的離情。田野上的草、兔、犬、人、馬、車等一一寫到，舞臺上是元帝獨立寒秋茫然四顧的形象。第二層從“他他他”句開始，到“返咸陽”句，點明兩人已經分別，從此天各一方。“他他他”和“我我我”，生動寫出了元帝泣不成聲的哽咽之態，從此“窮荒”與“咸陽”音訊難通，各自神傷。第三層從“返咸陽，過宮牆”到結束，寫元帝在返回途中，想像回到深宮後那寂寞淒涼的生活，描繪了即將出現的令人感傷的生活場景。這裏，作者採用幻覺形式間接抒情，宮牆、椒房、月色、紗窗……景色依舊，人事已非，更深一層地揭示了相思之痛。第四折寫昭君投江而死，元帝更加痛徹肺腑。《漢宮秋》寫元帝與昭君的愛情破滅與家國之恨互相交織，作者在抒寫中表現出來的同情，固然有出於追求戲劇效果的因素，出自保持王昭君悲劇性格完整統一的創作要求，同時也透露出一種時代因素：在元初這個動盪

明刊《古今名劇合選》本《漢宮秋》插圖

的年代，人們對亡國之君寄予同情，在一定程度上成為一種流行的觀念，這很可能影響了馬致遠的創作思想。

　　曲中“犬褪得毛蒼”四句，對仗講究，排比有序。末尾用三字句，一句一重疊，一句一轉折，層層遞進，步步轉換。三字句的節奏感很強，更好地寫出了人物心緒煩亂、神情恍惚和悲涼悽楚的內心。元雜劇第三折多用中呂宮，作者卻採用了雙調，此調具有“健捷激裊”的音樂特徵，適合於本曲的抒情，使意境美與唱詞的旋律美結合在一起，“返”、“過”、“繞”、“近”等一系列動詞使用得當，都有助於人物心理的刻畫。趙景深《中國文學小史》譽此曲是《漢宮秋》中“最膾炙人口”之曲。

半夜雷轟薦福碑

第一折

［仙呂］ 寄生草么篇[1]

> 這壁[2]攔住賢路，那壁又擋住仕途。如今這越聰明越受聰明苦，越癡呆越享了癡呆福，越糊突[3]越有了糊突富。則這有銀的陶令[4]不休官，無錢的子張學干祿[5]。

注釋

1. 元雜劇或散套中連續使用同一曲牌時，後曲寫作"么篇"。按此曲格式，應是［寄生草］。
2. 壁：指牆。
3. 糊突：即糊塗。
4. 陶令：指陶淵明，他曾做過彭澤縣令，後辭官，是古代著名隱士，這裏反用典事，譏諷當時官員。
5. 子張學干祿：子張即顓孫師，孔子弟子，《論語·為政》寫他向孔子請教求取功名利祿之事。

串講

這邊的高牆擋住賢才仕進之路，那邊的高牆又擋住了求官者的前途。現今的社會，這越聰明的就越承受聰明帶來的痛苦，越癡呆的人反而越有癡呆帶來的福氣，越糊塗的人反而越有錢財貴富。那些有錢的官員不會像陶淵明一樣辭官歸隱，無錢貧困的儒生效法子張求問功名利祿，卻也不可能獲取。

評析

《薦福碑》寫窮書生張鎬官運不順，後在范仲淹的幫助下才中了狀元，此劇反映了元代文人仕宦無門的社會現實。這支曲子是張鎬感歎社會反常，表達了憤慨之情。曲中六個"越"字，最能表現痛切之態。最後用典，抨擊為官者貪得無厭，不肯讓賢。反用陶淵明的典故，指出那些愚昧無知之輩做了官，貧困而有才幹的文人必然求官無路。元曲中有不少諷刺佳篇，在直白中含有悲淚，此曲就是佳篇之一。從此劇此曲，直可把馬致遠視為元代下層文人的代言人。前人曾讚賞此曲，如清人梁廷楠《曲話》評曰："此雖憤時嫉俗之言，然言之最為痛快，讀至此不泣下數行者幾希矣。"

呂洞賓三醉岳陽樓

第一折

［仙呂］　混江龍

梭頭琴樣[1]，助吟毫清澈看書窗，恰行過一區道院，幾處齋堂。竹几暗添龍尾潤[2]，布袍常帶麝臍[3]香，早來到洞庭湖畔，白尺樓傍，端的是憑凌雲漢，映帶瀟湘。俺這裏躡[4]飛梯，凝

望眼，離人間似有三千丈，則好高歡[5]避暑，王
粲思鄉。

注釋

1. 梭頭琴樣：樣子像梭頭琴的一種硯台。
2. 龍尾潤：龍尾硯，產自今江西龍尾山，舊時屬安徽，奉為歙硯之上品。
3. 麝臍（shè qí）：麝香的別稱，因產於麝的臍下，故名。
4. 躡：踩，登。
5. 高歡：一名賀六渾，南北朝時渤海蓨（今河北景縣）人。後降北魏，擁立孝武帝，自任大丞相，執魏朝政十六年。

串講

　　梭頭琴一樣的好硯，可以助吟興的毫筆，我從外面看到書窗裏面這清晰的一切，剛剛經過了一處道院，幾個齋堂。清潔的竹几上留有龍尾硯的潤澤，聞到了出家人布袍上散發着麝香，已經來到了洞庭湖邊，高高的岳陽樓，高聳入雲，瀟湘景色，排列有致。我這裏登上階梯，來到樓頭。忽然間感到離人間那麼遙遠，似乎這樓高達三千丈，那麼，不正好適合當年北魏的高歡避暑，漢末的王粲思鄉嗎？

評析

　　此劇為馬致遠神仙道化劇的代表作，寫呂洞賓三過岳陽樓

度脫老樹精的故事，取材於全真教的傳說。第一折寫他化作賣
墨先生，來到並登上岳陽樓眺望的所見所感，描繪了岳陽樓周
圍的景致。先寫他來到岳陽樓時的遊興：經過了書齋、道院；
再寫登樓所見：岳陽樓高聳入雲，洞庭湖映帶瀟湘；最後由實
轉虛，想像岳陽樓似有三千丈高，正好適合高歡避暑，王粲思
鄉。曲中寫景，由遠而近，一路寫來，有局部近景，有壯闊的
遠景，景隨人變，突出了岳陽樓一帶環境宜人，建築奇偉的特
點。表現了一個出家人喜愛清靜，陶醉自然，遠離紅塵的內心
世界，也見出其"仙氣"。結尾用王粲、高歡的典故，表現了
作者馬致遠終不能完全忘懷於現實，筆下的仙人呂洞賓也還留
有失意文人的印跡，帶有幾分人世書生的氣質。此曲第五、六
句元世祖至元年間（1264-1294）已被詩人元淮化入他的《試
墨》詩中，說明《岳陽樓》雜劇那時已很流行。

李文蔚

同樂院燕青博魚

第四折

［雙調］　沉醉東風

　　你去這白草坡潛蹤躡腳[1]，我在這黃葉林屈脊低腰。我曲躬躬[2]的向地皮上伏，立欽欽[3]把松枝來靠，直挺挺按定枷梢。我這裏聽沉了多時靜悄悄，我則見火把和那燈籠可都去了。

注釋

1. 躡腳：小步輕行。
2. 曲躬躬：曲身低伏。
3. 立欽欽：久立。

串講

　　你輕行小步到白草坡那裏潛伏，我就在這黃葉林中屈身躲藏。我把身軀緊貼在地，又站起來緊靠在松樹上，我按住了樹梢，不使它發出聲音。過了多時，我只覺得周圍一片靜悄悄，原來舉着火把、燈籠追趕我們的官軍已經過去了。

評析

　　李文蔚是元代前期雜劇作家，白樸的友人，他編寫的兩種水滸戲，都是描寫燕青故事的，也是現知元雜劇三十三種水滸戲中僅有的兩種燕青戲。《燕青博魚》描寫燕青與醫人燕順結為兄弟，燕順之兄燕和受官家子弟陷害，燕青前去搭救，卻一起被拘入獄，後越獄成功，回歸梁山泊。第四折就是描寫燕青攜燕和越獄，後有追兵，兩人夜奔時忽伏忽行，情景活脫生動。本曲曲文本色，一、二句好似掉臂而出，飛行自在，恰又平仄對仗，十分工整。孟稱舜《酹江集》評論此劇時說：“固非名手不辦”。

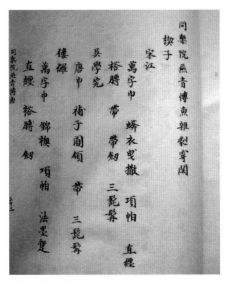

明抄本《燕青博魚》書影

趙孟頫

［仙呂］　後庭花

清溪一葉舟，芙蓉[1]兩岸秋。採菱誰家女，歌聲起暮鷗。亂雲愁，滿頭風雨，戴荷葉歸去休。

注釋

1. 芙蓉：荷的別名。

串講

一葉小舟飄行在清溪上，綠荷依舊，但時令已入早秋。是誰家的姑娘在採菱呢？她的歌聲驚起了暮色中的白鷗。忽然烏雲密佈，風起雨落，她趕快頭戴荷葉急着回家走。

評析

全曲寫水鄉的秀美景色，“清溪”、“採菱女”、“水上歌聲”，十分和諧。前四句在寫出一片寧靜中突然筆轉，寫採菱女的歌聲驚起了白鷗，但反過來又傳達了寧靜的氛圍，唯其寧靜，歌聲更顯響亮，才會驚起鷗鳥。這第四句既描寫了動靜，又點明了時間，已是暮色蒼茫。這本也是採菱姑娘該回家的時分了，忽然一陣風雨澆頭，促使她急速歸去，曲中四、五、六句就是一幅"風雨催人圖"，其中"戴荷葉歸去休"更是佳句，可與白賁[鸚鵡曲]中的"抖擻綠蓑歸去"相媲美。如果說身披綠蓑猶是一個"傳統"意象，那麼"頭戴荷葉"真還見出創意呢！

《人騎圖》（趙孟頫繪）

王實甫

［中呂］ 十二月過堯民歌

別　情

自別後遙山隱隱，更那堪遠水粼粼[1]。見楊柳飛綿滾滾，對桃花醉臉醺醺。透內閣[2]香風陣陣，掩重門暮雨紛紛。怕黃昏忽地[3]又黃昏，不銷魂[4]怎地[5]不銷魂？新啼痕壓舊啼痕，斷腸人憶斷腸人！今春，香肌瘦幾分，摟帶[6]寬三寸。

注釋

1. 粼粼（lín）：流水清澈的樣子。
2. 內閣：這裏指內室，婦女的閨閣。
3. 忽地：忽然。
4. 銷魂：形容悲傷愁苦的狀態。
5. 怎地：怎的。
6. 摟帶：腰帶。

串講

自從分別後，我們遠隔着重疊的山巒，更不用說被條條河流阻攔。春日，柳絮楊花如同白綿一樣湧出，紛紅的桃花好像喝醉了酒似的。香風一陣陣透過我的閨房，黃昏時細雨綿綿，我只好關起房門。

害怕黃昏忽然黃昏又來臨，說不傷神怎麼會不傷神？新的淚痕蓋住了舊的淚痕，我這個斷腸人回憶着遠方你那個斷腸人！今年的這個春天，我的肌膚又瘦了幾分，束腰的帶子又寬了三寸。

評析

王實甫是元代又一重要曲作家。這首散曲是屬於中呂宮的帶過曲，由[十二月]和[堯民歌]兩支曲子組成。寫閨中女子思念遠方的丈夫或情人，幽怨纏綿的風格與《西廂記》近似。

[十二月]描寫和渲染了令人傷懷的環境氛圍，用以烘托人物感情。先從時空的久遠處落筆，由遠及近，最後寫到了深閨，推出了抒情女主人公形象。[堯民歌]具體刻畫黃昏時節思婦的相思之情，以寫人抒懷為主。其中“銷魂”、“斷腸”詞語直接點明人物的心理活動，體現了全曲的感情基調。這支帶過曲辭采婉麗，層次分明，鋪敘委婉。[十二月]疊字較多，如“隱隱”感歎相隔遙遠，“紛紛”寫出內心的煩悶。[堯民歌]用重複和排比的句式抒情，使用了連環句對，如盤中滾珠，流走圓轉，音節瀏亮，優美動聽。四對重複的詞組，字句重複而意義不同，又有誇張手法的運用，很好地刻畫了思婦的內心。周德清《中原音韻》評為“對偶、音律、平仄、語句皆妙”。王世貞《藝苑卮言》評為“情中俏語”。

崔鶯鶯待月西廂記

第四本第三折

［正宮］　端正好

碧雲天，黃花[1]地，西風緊，北雁南飛。
曉來誰染霜林[2]醉？總是離人淚。

注釋

1. 黃花：即菊花。
2. 霜林：通常指楓樹林，也可泛指秋天的樹林，樹葉經霜打而變紅。

串講

　　碧藍的天空，遍地的菊花，秋風陣陣襲來，北方的大雁已向南飛翔。早晨是誰把樹林染紅了？一定是昨晚離人流了一夜的眼淚。

評析

　　王實甫的《西廂記》是古典戲曲中愛情、婚姻劇的代表作之一，明人王世貞《藝苑卮言》中譽為元雜劇的"壓卷"之作。以下的這四支曲子均選自第四本第三折，這一折一般又稱作"長亭送別"，寫崔老夫人逼迫張生上京趕考，鶯鶯、紅娘與老夫人在十里長亭為張生餞別，曲子由鶯鶯主唱。［端正好］是鶯鶯赴長亭途中所唱，刻畫了她送別時的傷感之情。先描寫了秋天典型的場景：天空碧藍，大雁南飛，菊花滿地，秋風陣陣，寫景從天空到地面，從有形到無形。宋代范仲淹詞[蘇幕遮]中有"碧雲天，黃葉地，秋色連波"語句，王實甫借用前六字，又按曲律需要，改"葉"為"花"，一字之別，不僅突出了景物的色彩，渲染了秋的凄涼，還與後面霜林的紅色形成對比。最後兩句化用蘇軾[水龍吟]詞句"細看來不是楊花，點點是離人淚"，王實甫處理為是鶯鶯的反問和自答，猶為動人。在為離別的痛苦而倍受折磨的鶯鶯眼中，霜林一夜變紅，完全是離人的淚水染紅的。"染"、"醉"，使客觀景物帶上了濃重的主觀色彩。明初朱權《太和正音譜》以"花間美人"比喻王實甫曲作的藝術特點。此曲借景抒情，並有詩情畫意，曲詞典雅而富文彩，正表現了王實甫的劇作文采派的藝術風格。

［正宮］ 滾繡球

恨相見得遲，怨歸去得疾。柳絲長玉驄[1]難繫，恨不得倩[2]疏林掛住斜暉。馬兒迍迍[3]的行，車兒快快的隨，卻[4]告了相思迴避，破題兒[5]又早別離。聽得道一聲"去也"，鬆了金釧[6]；遙望見十里長亭[7]，減了玉肌。此恨誰知！

注釋

1. 玉驄：原指青白色的馬，此為馬的代稱。
2. 倩：請。
3. 迍迍（tún）：行動遲緩貌。
4. 卻：恰。
5. 破題兒：開頭，有“頭一次”的含義。
6. 金釧（chuàn）：女子戴在手腕上的金鐲子。
7. 長亭：古代建在大路旁邊為餞行而用的亭子，古語有“十里一長亭，五里一短亭”。

串講

　　我深怨我們相見得太晚，我惋惜他離開我又太快。長長的柳絲繫不住他騎的白馬，恨不得請樹林掛住斜照的陽光。希望他騎的馬慢慢地走，我坐的車快快地跟隨，剛剛結束了相思之苦，又要早早地分離。我才聽了一句：“張生要走了”，手上的金鐲子就馬上鬆下來了；遠遠地看見十里長亭，人馬上就瘦下來了。這種怨恨的心情有誰瞭解呢？

評析

　　這是“長亭送別”的第二支曲子，它從正面直接刻畫了鶯鶯不願離別的痛苦心情，這種心情是借助鮮明生動的形象表現出來的。看到柳絲，希望它繫住張生的馬匹，看到樹林，希望它能掛住斜陽；金釧因離別而鬆弛，玉肌因分手而驟減，語言十分誇張，但又在情理之中。把所見之物都用來想像誇張，成為表情達意的手段，因而顯得自然妥貼，使人物的感情具體可感，細膩動人。與上面選錄的[端正好]曲子相比，在情景關係的處理上，[端正好]是因景生情，[滾繡球]為由情及景，前曲風格雅致，這支曲子則於雅致中趨於本色，因而各盡其美。

[正宮] 一煞

青山隔送行，疏林不做美。淡煙暮靄[1]相遮蔽。夕陽古道無人語，禾黍秋風聽馬嘶。我為甚麼懶上車兒內，來時甚急，去後何[2]遲？

注釋

1. 暮靄（ǎi）：傍晚時的雲氣。
2. 何：程度副詞，意為“多麼”。

串講

青山阻隔，樹林也不成全我，使我看不到遠行人的身影。黃昏時淡淡的煙雲，都遮擋了我眺望的視線。夕陽西下之時，我佇立在這寂寞的古道上，田野裏是一片禾黍，秋風中傳來了張生所騎之馬的嘶鳴聲。我為什麼不願回到車裏，來時那麼急迫，離開時怎麼反而步履沉重了呢？

評析

　　[一煞]是鶯鶯在長亭別宴結束，張生走後所唱，再次抒發了她內心的孤苦悵惘之情，曲詞最大的特點是即景抒情，情景相生。青山疏林，淡煙暮靄，夕陽禾黍，均帶有秋天的季節特徵，選取的意象又與主人公心境相關，景物又恰似隨手寫來，不露加工痕跡。疏林"不做美"，煙靄"相遮蔽"，這種對景物幽怨的口氣，看似無理，但卻有情，更進一步傳達出崔鶯鶯對張生的依戀。"夕陽"本是感傷的意象，"古道"更見蒼涼。我們可以想像，古往今來有多少癡男怨女上演過這一幕幕"兒女共沾襟"的場景？"無人語"亦耐人尋味：一指此時聽不到說話聲音，二指鶯鶯感歎張生離去，欲訴無人。下面的"聽馬嘶"句手法為以動襯靜，以有聲寫無聲，"馬嘶"後更顯寂靜，只聞其聲，不見其人，其苦可知。這一支曲子語言典雅優美，處處啟發讀者想像，餘音不絕，回味悠長。結尾兩句語言趨於口語化，卻能與全曲風格相融相合。

明弘治刊本《西廂記》插圖

[正宮] 收尾

四圍山色中，一鞭殘照裏。遍人間煩惱填[1]胸臆，量[2]這些大小車兒如何載得起！

注釋

1. 填：充滿。
2. 量：衡量，引申為“思量”。

串講

遙望四周都是茫茫的群山，夕陽餘暉裏，又聽到馬鞭的揮響之聲。人間所有的煩惱都充滿在我的心中，我思量這些大大小小的車輛怎麼能夠承載得起呢？

評析

[收尾]曲是鶯鶯在返回途中所唱，此折首曲[端正好]以“碧雲天，黃花地”寫景起，本曲作為尾曲又以“山色”和“殘照”寫景收，首尾呼應一致。“四圍山色”有無限蒼茫之感，“一鞭殘照”，卻似乎有聲音響起，實際上還是寫鶯鶯緊緊諦聽着張生離去的動靜，於寂靜的意象中似乎有揮動馬鞭之聲，依稀若聞，也屬靈動之筆。這兩句對仗工整，淡淡景語，無限情思。後二句為抒情，是用誇張、擬人手法，將抽象的離情形象化了，作者化用李清照[武陵春]詞中名句：“只恐雙溪舴艋舟，載不動，許多愁”，但使用得更具體通俗，“量”、“如何”比

"只恐"的語氣就顯得白俗而切合曲作要求。環顧古人詩作，寫愁多有佳句，愁情在李煜的筆下是流不盡的，在李白的筆下是切不斷的，而在李清照、王實甫的筆下是載不動的，以此結尾，極言愁情之多，它使"長亭送別"留下境界深遠、回味無窮的餘韻，又一次打動了讀者。論者有《西廂記》是詩劇之說，"長亭送別"又是全劇詩意最濃的部分，它在情節上沒有多少進展，也沒有戲劇矛盾的激烈轉化，它只是以抒情詩的語言，敍寫女主人公的離愁別恨，使全折瀰漫着一種淡淡的然而又是悠長的哀愁。明代胡應麟《少室山房筆叢》中把王實甫比作"詞曲中思王太白"，所謂"思王"，指曹植。並說："西廂主韻度風神，太白之詩也。"這比喻曾引出後人非議，但如果把它理解成是對王實甫詩膽才氣的讚譽，那麼，可以說胡氏是有識見有眼力的。

李壽卿

說專諸伍員吹簫

第三折

［中呂］ 醉春風

我如今白髮滯[1]他鄉，青春離故國，憑短簫一曲覓衣食，常好[2]是恥、恥。這一座村坊，兀[3]的班人物，遭逢着恁般[4]時勢。

注釋

1. 滯：停留，不能離開。
2. 常好：正好。
3. 兀：猶言"這"，"這個"。
4. 恁般：這樣。

串講

我現在是一頭白髮，還滯留在他鄉，從年輕時我就離開了故土，每日只能憑着給人吹簫，維持日常生活，對我來說真的是奇恥大辱。生活在這樣一個小村裏，遇到的都是這等人物，我不幸遭遇了這樣一個時勢。

評析

　　《伍員吹簫》寫春秋戰國時期，楚平王聽信佞臣費無忌的讒言，殺了伍奢一家，其子伍員投吳借兵，一路上受盡艱難困苦，先後在浣紗女、漁父、壯士專諸的幫助下，輾轉十幾年，才得以借吳兵報了父兄之仇。《伍員吹簫》第三折寫伍員落魄吳中，流落村坊，受盡白眼，曲文很動人。先是感歎自己離鄉久遠，淪落天涯。“白髮”，暗含父兄之仇未報的遺憾，時不我待的緊迫。“滯”字用得十分生動，含有時運不順、被迫屈居村裏、無可奈何的潛台詞，寫出了他雖沒忘記父兄之仇，但志不獲展的怨恨。“白髮”與“青春”對比，“他鄉”與“故國”相對，有家不能回的痛苦表露無遺。接下去寫眼前的生活狀態，以往過着富貴生活，現在是“憑短簫一曲覓衣食，”生活的巨大反差使他更堅定了復仇決心。“恥、恥”，是言他把家仇視為奇恥大辱，為後面終於借兵雪恥做了伏筆。最後是感歎眼前生活與時運的不濟。“恁般時勢”，含有時運不濟的深沉感慨。唱詞語言以本色為主，處處含有對比：以往是富貴榮華，現在是吹簫乞討；以往是春風得意，現在是無比艱難，反映了落魄英雄壓抑的心聲，傷感中有不平，慨歎中含理想，雖居末路，但仍是英雄。

貫雲石

［正宮］ 塞鴻秋

代人作

戰[1]西風幾點賓鴻[2]至，感起我南朝千古傷心事。展花箋[3]欲寫幾句知心事，空教我停霜毫[4]半晌無才思。往常得興時，一掃無瑕疵[5]。今日個病厭厭[6]剛寫下兩個相思字。

注釋

1. 戰：同“顫”，顫抖。
2. 賓鴻：鴻雁是候鳥，因其春去秋來，有如賓客，故有此稱。
3. 花箋：精緻的信紙。
4. 霜毫：毛筆。霜：比喻白色。
5. 瑕疵（xiá cī）：指玉上的斑點，這裏指寫作無絲毫失誤。
6. 厭厭：同“奄奄”，氣息不暢。

串講

秋風中幾隻大雁顫抖着翅膀飛過，使我想起了南朝的那段傷心歷史。鋪開精緻的信紙想寫幾句心裏話，白白讓我的毛筆停了半晌，今日寫作缺少興致。以前興頭來臨時，一揮而就，幾無瑕疵。今天心情不舒暢，只懶懶的寫下了“相思”這兩個字。

評析

這首散曲在貫雲石作品中幾乎是惟一的表達欲說還休心情的含蓄之作。先寫見季節變遷，想到南朝舊事，為之“傷心”。南朝朝代更迭頻繁，君主多怠慢國事，金人吳激[人月圓]詞中寫道：“南朝千古傷心事，還唱《後庭花》”，《後庭花》相傳是亡國之君陳後主所製。作者由季節之變聯想起朝代的變換，季節與歷史之間如何聯繫？其間當有跳躍。“戰”字寫出了大雁在秋風中飛翔的艱難，秋風的淒涼與無情體現出來了。次寫想要寫作但無才思。所謂寫“知心事”未必是要創作相思離別內容的作品，只是有感於“南朝千古傷心事”，由此引起，卻無心下筆。作者似有難言之隱，或是內心悲傷至極，或牽連國事評價，不好明說。因傷古感時，故平靜的內心被打破。接着又想起往常創作的情形，“得興”時“一掃”而就，文思泉湧，與今日形成對比。最後講勉強寫下了兩個字：“相思”。此曲隱含對國事的感慨，現實的隱憂，欲說還休，以藏寫露，也反映了創作中常有的一種情形：不“得興”時無從下筆。曲子內容層層轉折，不斷變化，從欲寫到無法寫，再從已寫到不能多寫，讓讀者去體味他的內心情緒。與元曲豪放直白的寫法不同，小令始終在蓄勢但又隱忍不發。或認為此曲前六句虛實真幻，只是為了末句作鋪墊，主旨是“相思”，也就是相思詞、相思曲，可備一說。

［雙調］　清江引

惜　別

　　若還與他相見時，道個真傳示[1]：不是不修書[2]，不是無才思，繞清江[3]買不得天樣紙[4]！

注釋

1. 真傳示：傳達一個真實的消息。
2. 修書：寫信。
3. 清江：水名，一在湖北，一在江西。地名，在今江西境內。此處當泛指江河，形容範圍廣大。
4. 天樣紙：像天那麼大的紙。

串講

　　如果你還能見到我的意中人，替我傳一個真實的消息給她：不是我不想寫信，不是我沒有文才，而是圍繞着清江四周，我都買不到一張像天那麼大的紙。

評析

　　元散曲中描寫戀情內容的作品很多，但貫雲石此曲角度新穎，構思新奇。男主人公託朋友捎口信給女方，通篇只是解釋他為什麼不寫情書，"繞清江買不得天樣紙"，只一句就點明了相思之深廣，寫法上出人意表。語言幽默風趣又充滿了深情，表現出獨特的想像力與極度的誇張，無一字傾訴相思而相思自見，連用的兩個帶有“不是”的否定句，是為這一句蓄勢，留下懸念，而最終的表述仍是用一個否定句，總是不肯說破，這樣就避免了一覽無奇。這種構思，既非借景抒情，也非直抒胸臆，純以想像誇張幽默之語出之，獨特的構思見出作者寫曲自有神韻，自有特色。而從這種特色中，還可以發現作者對民歌俗謠表現手法的汲取。

［雙調］ 壽陽曲

> 新秋至，人乍¹別，順長江水流殘月。悠悠²畫船東去也，這思量³起頭兒一夜。

注釋

1. 乍：剛剛，忽然。
2. 悠悠：遙遠。
3. 思量：想法，心思。

串講

秋天剛剛來到，我和他忽然就要分別，順着長江進發，流水浩盪，半輪殘月，載着心上人的畫船，漸漸東去，去往遙遠的地方，我的思念這還只是第一夜啊。

評析

　　這是一首相思離別題材的作品，表現了抒情主人公難分難捨的依戀之情，從口氣看，當為女性。開始三句以寫景為主，"新秋"點明季節，"人乍別"點明事件，"長江"指出了分手的地點，"水流殘月"是眼前的景物，江水、殘月組成了一幅淒清的畫面。後兩句是這位女子的內心獨白，

元本《太平樂府》貫雲石曲作書影

"悠悠畫船東去也"，畫船帶走了她的心上人，也開始了她的"思量"，於是下句就寫離別的日子剛開始，想念的日子也才開了頭，全曲也於此結束，如果按照現代文字標點法，末尾還應加上刪節號，讓人們去想像。小令情景交融，手法含蓄，抒發離愁而通篇不見一個"愁"字，前面為實寫，用畫面訴說別情，後面為虛寫，以傾吐心曲為主，虛實結合，文情並茂，藝術技巧很高。

［雙調］　殿前歡

　　隔簾聽，幾番風送賣花聲。夜來微雨天階[1]淨。小院閒庭，輕寒翠袖[2]生。穿芳徑，十二闌干[3]憑。杏花疎影，楊柳新晴。

注釋

1. 天階：古人對台階的美稱。
2. 翠袖：這裏泛指女子裝束。
3. 十二闌干：“十二”為虛指，以形容欄杆之曲折。

串講

　　隔着簾櫳，我聽到了春風送來的幾聲賣花聲。昨夜的小雨已將台階洗淨，在小巧而寂靜的庭院裏，穿着單薄的衣服，感覺有一些寒意。穿過長滿了花草的小路，倚靠在那曲折的欄杆邊，我又看到，杏花那稀疏的倩影，新晴後翠綠的楊柳。

評析

　　本曲描寫春日景色，先從“賣花聲”的聽覺寫起，陸游《臨安春雨初霽》中有詩句：“小樓一夜聽春雨，深巷明朝賣杏花。”貫雲石此曲寫風送賣花聲，別有韻味，句中“幾番”表明春意已濃，抒情主人公由“隔簾”的室內被吸引到庭院中，雨後小院，階潔庭清，但乍暖還寒，清晨光景難免感到衣單生涼。杜甫《佳人》有詩句：“天寒翠袖薄”，此曲“輕寒翠袖生”正用此意。以下寫穿芳徑，憑欄杆，都是圖像，末尾兩句用筆輕靈，而且“新晴”與上文“微雨”呼應，“杏花”又與“賣花聲”相關。全曲沒有一個“春”字，卻使人感到它正是緊扣“春”字作描寫。全曲寫來極富變化而又注重層次，主要採用了“移步換形”的方法，隨着抒情主人公的遊蹤而展開描寫，由室內到室外，小院閒步，穿過芳徑，倚着欄杆，畫面一一展現，很有美感。

［中呂］ 紅繡鞋

挨着靠着雲窗[1]同坐，偎着抱着月枕[2]雙歌，聽着數着愁着怕着早四更[3]過。四更過情未足，情未足夜如梭。天哪，更閏[4]一更兒妨甚麼！

注釋

1. 雲窗：繪有雲形的窗戶，猶如畫雲之屏稱雲屏。
2. 月枕：月牙形的枕頭。
3. 四更：舊時將一夜分為五個更次。三更正是午夜，四更則臨近天明，時間約為淩晨 1-3 時。
4. 閏：增長，添加。

串講

我們互相依靠着坐在雲窗前，我們倚着月牙枕依偎擁抱着相和而歌，一邊還計算着約會的時間，擔心四更會很快過去。四更天真的過去了，我們的感情仍不滿足，感情不滿足，時間卻過得像行梭那樣迅速。老天啊，再多增加一個四更又有什麼妨礙呢！

評析

貫雲石寫的戀情曲極富特色。此曲以一個女子的口氣，抒寫熱烈而又直白的感情。前面四句主要以動作描寫為主，作者一口氣用了八個"着"字，不僅寫法別致，而且真實傳達了戀人相會時一刻千金、春宵苦短的心情，反映了熱戀中的男女相聚時害怕分離的情狀。後面四句主要描繪女子的心理活動，直言時間太快而"情未足"，她突發新奇之想：再增加一個更次有多好啊！她直呼蒼天，並以反問語氣吐露願望，為全曲抒情的高潮。農曆有閏月，有閏年，但無閏更之說。因此，她的要求出人意外，十分幽默，卻又十分自然。這首散曲具有民歌潑辣鮮活又自然天成的特色，能表現元曲的"蛤蜊"風味。貫雲石那時的元散曲創作已崇尚和追求清麗雅正的風格，他卻以豪宕疏放着稱，這與他出身西域武官家庭有關，也是氣質使然，還因為他善於學習俗謠俚曲的長處。從修辭手法看，使用了排比、頂針等手法，使語氣更為生動傳神。元人孔齊《至正直記》說貫雲石為"一時之捷才，亦氣運所至，人物孕靈如此。"對他的天賦才情十分推崇。

楊顯之

臨江驛瀟湘夜雨

第三折

［黃鐘］ 醉花陰

忽聽的摧林怪風鼓[1]，更那堪甕瀽[2]盆傾驟雨[3]！耽[4]疼痛，捱程途，風雨相催，雨點兒何時住？眼見得折挫殺[5]女嬌姝，我在這空野荒郊，可着誰做主。

注釋

1. 鼓：吹。
2. 甕瀽（wèng jiǎn）：從盛水的容器中傾倒而出。瀽：傾倒，潑出。
3. 驟雨：雨疾。
4. 耽：沉溺其中。
5. 折挫殺：受摧殘、折磨之意。

串講

忽然聽到一陣怪風吹起，好像可以摧毀樹林一般，又怎能受得了如甕盆潑水般落下的大雨？身體疼痛不已，苦苦熬着路程，我被狂風暴雨催逼，這雨何時才能停住？眼看老天折磨我這個嬌弱女子，在這荒郊野外，究竟有誰能替我的命運做主？

評析

　　楊顯之的《瀟湘夜雨》雜劇寫薄情郎崔通中狀元後負心另娶，並折磨誣陷髮妻張翠鸞的故事，為旦本戲。第三折寫張翠鸞在被發配到沙門島途中遇到風雨的苦況，此為第一支曲子。先寫荒郊裏狂風暴雨突降時的情狀。"摧"字突出了風力的迅猛，以至能摧毀樹林；"怪"表明風向不定，使人不斷搖擺，站立不穩，突出了女主人公心驚膽顫的心理；用"甕瀽盆傾"比喻大雨瓢潑的情景，"驟雨"意為急速之雨。總的構成風大風緊，雨多雨急的景像，為下文作鋪設。接着出現的"耽疼痛"到"雨點兒何時住"，為第二層意思，寫張翠鸞身心俱苦，盼望早些雨停。"耽"反映了受刑後傷痛陣陣，"捱"點明內心之苦情，最後幾句寫求告無門但仍希望有人作主的心理。"折挫殺"，展示了苦不堪言的內心。這一段劇情簡單，舞台上只有女主人公和衙役二人，作品展示她在淒風苦雨中艱難前行的情節，鞭撻了

明刊《古雜劇》本《瀟湘夜雨》插圖

無行文人崔通恩將仇報、骯髒狠毒的靈魂。曲詞採用情景交融層層鋪敘的手法，創造了淒涼迷茫的意境和風雨相催水深泥濘的氛圍，很好地傳達了人物的情感，使風聲雨勢與人的歎息交融在一起，極為感人。明人孟稱舜在《古今名劇合選‧柳枝集》中評論此劇時談到：“讀此劇覺瀟湘風雨，從疏櫺中透入，固勝一首《秋聲賦》也。”

張國賓

薛仁貴榮歸故里

第三折

［雙調］ 耍孩兒

則你那老爹娘受苦，你身榮貴，全改換了個雄軀壯體，比那時將息[1]的可便越豐肥，長出些苫[2]唇的髭鬁[3]。我才咒罵了你幾句，你權[4]休怪，也是我間別[5]來的多年把你不認的。［薛仁貴云：我不怪你，恕下官不下也。］哎！你看他馬兒上簪簪[6]的勢，早忘和俺掏斑鳩爭攀古樹，摸蝦蟆[7]混入淤泥。

注釋

1. 將息：調養、保養。
2. 苫（shan）：本意為“編茅蓋屋”，引申為張蓋，此處有“長滿”之意。
3. 髭鬁（zī lì）：鬍鬚。
4. 權：權且，暫且。
5. 間別：離別。

6. 簪簪：威嚴，莊嚴。常用來形容騎馬的姿勢。

7. 蝦蟆：又作蛤蟆，蛙和蟾蜍的統稱。

串講

　　你衰老的爹娘在家吃苦，你在外邊官身榮貴，你的身體也完全變得雄壯結實，比在家鄉時保養得肥胖多了，嘴唇也長滿了鬍鬚。我剛剛痛斥了你幾句話，你也暫且不要責怪，也是因為我們離別多年才沒有認出你來。哎！你看那薛仁貴在馬上威嚴無比、目空一切的樣子，早已經忘了小時候和我爭爬古樹掏鳥，一起撈摸蝦蟆，陷入污泥的情形了。

評析

　　元雜劇《薛仁貴》寫的是唐代農民薛仁貴（小名驢哥）因征戰有功，變泰發跡，當了元帥，衣錦還鄉的故事。第三折寫他在還鄉途中，遇到少年朋友伴哥時發生的一段故事。本曲即為伴哥所唱，反映了薛仁貴趾高氣揚之態，與家鄉夥伴間已出現了矛盾隔閡。此曲之前，寫薛仁貴向伴哥問訊，一口一聲"兀那廝"。伴哥說到薛家時，斥罵薛仁貴長期不歸，"全不想養育的深恩義"。此曲是薛仁貴說明其身份後伴哥所唱。曲子中寫薛仁貴外表的巨大變化，"雄軀壯體"、"豐肥"等詞暗含諷意，意謂你生活優越，你爹娘生計艱難。開頭一句"你那老爹娘受苦"，表明薛的不孝。這裏不孝的指責是從"養男防老"的觀念出發的，是民間傳統的事親之道。但此曲末尾兩句更趨深刻，從"哎！你看他……"至結束，寫伴哥追憶往事，對當年的"驢哥"表示失望，他的感歎透露出生活中的真理，一個農民成了"天下兵馬大元帥"，就不再是農民了。

這支散曲最大的特色，是在明白如話的家常俚語中，寫出了人物性格及其內心活動，在元雜劇的曲文中有此一格，自是一路。

山東臨汾東羊村元代戲台

張養浩

[中呂] 山坡羊

潼關[1]懷古

峰巒如聚，波濤如怒。山河表裏[2]潼關路。望西都[3]，意躊躇[4]。傷心秦漢經行處，宮闕[5]萬間做了土。興，百姓苦！亡，百姓苦！

注釋

1. 潼關：在今陝西省潼關縣北，歷代皆為軍事要地。
2. 山河表裏：指潼關一帶地勢險要，表裏即內外，潼關面臨黃河，背靠華山。
3. 西都：指長安（今陝西西安市），為漢唐的古都。這裏指在長安建都的各朝。
4. 躊躇：意為思緒起伏。
5. 宮闕：指皇帝所居之處。

串講

潼關周圍山峰眾多，如同相約聚集在了一起，潼關下臨的黃河波濤滾滾，似乎發出了怒吼之聲，在去往潼關的路上我看到了它背靠着華山，面臨着黃河。遙望諸多朝代在此建都的長安，不禁使我心潮起伏，浮想聯翩。經過秦漢舊地我的內心十分傷感，當年雄偉華麗的宮殿現在都成了一片廢墟，成為了焦土。每一個朝代的興盛與衰亡，帶給廣大百姓的永遠是災難和痛苦！

評析

　　這首小令是作者路過潼關時所寫，當時關中大旱，張養浩任陝西行台中丞，負責賑災。小令可劃分為三個層次。第一層為前三句，描寫在去往潼關的路上作家所見之景。“聚”字，不僅寫出了潼關周圍山峰眾多，且表現出了它們向潼關聚集的動勢。“怒”既寫出了黃河波濤洶湧之勢，又突出了作者內心的感慨不平，因而是擬人手法。這層寫出了潼關內有高山，外有大河，地勢險要的特點。第二層主要為懷古，也是抒情，作者面對秦漢故地而發感慨，昔日一片繁華，今天遍地饑民。一個“望”字使我們似乎看到了作者搜尋的目光，“躊躇”與“傷心”都是心理活動的描寫，表現了張養浩對人民疾苦的同情。第三層為精警的議論，體現了鮮明深刻的主題思想。一針見血地指出了以往改朝換代的實質，作者為百姓命運吶喊：“興，百姓苦！亡，百姓苦！”擲地有聲，歷來為人稱道。

　　這首《山坡羊》小令能融寫景、抒情、議論為一爐，用語凝煉，感情強烈，風格沉鬱。以往懷古作品，大抵借憑弔歷史人物和事件抒懷，代有佳作，但像這支小令那樣體恤人民疾苦，卻為罕見，因此不愧為曲中精品。

［雙調］ 雁兒落兼得勝令

往常時[1]為功名惹是非，如今對山水忘名利。往常時趁雞聲赴早朝，如今近晌午猶然睡。往常時秉笏[2]立丹墀，如今把菊向東籬。往常時俯仰承權貴，如今逍遙謁[3]故知。往常時狂癡，險犯着笞杖徒流[4]罪。如今便宜[5]，課[6]會[7]風花雪月題。

注釋

1. 往常時：指居官之時。

2. 秉笏（hù）：即手拿笏板。笏：通稱手板，大臣上朝面君時手執。

3. 謁：拜見，請見。

4. 笞（chī）杖徒流：指打板子、打棍子、拘禁勞役和流放充軍四種古代刑罰。

5. 便宜：有多種含義，這裏是自在、閒適之意。

6. 課：功課，這裏指寫作。

7. 會：一會，一下。

串講

做官時為求功名，惹是生非，現在面對着自然山水早忘了名和利。做官時雞叫了就要馬上趕赴早朝，現在快到了中午還在酣睡。做官時手拿笏板站立在宮殿台階下，現在則是愜意地在東籬邊一邊飲酒一邊賞菊。做官時低頭或抬頭都要看權貴的臉色，現在則瀟灑自在地拜見老朋友。做官時為求正直，被人看作發狂發癡，險些遭罪受刑，現在卻十分自在，常常以風花雪月為題寫詩作文。

評析

　　張養浩的這支散曲，把昔日官場的忙碌、危險與歸隱後的逍遙、悠閒作對比描寫，突出了辭官隱居之樂。第一個"往常"和"如今"對句，總寫對官場與山林的感受。一是"惹是非"的苦惱，一是"忘名利"的快樂。第二、三個"往常"和"如今"對句，寫為官時"早朝"、"秉笏"的辛苦緊張，反襯出現在的輕鬆與愜意。第四、五個"往常"和"如今"對句，描寫官場的險惡恐怖，反襯目前的輕閒安適。作品最典型的手法就是對比，共出現了五種情形的對比，同時構成了排比句式。這是一首帶過曲，前四句是[雁兒落]格式，為兩兩相對，形成了連璧對，如"為功名惹是非"對"對山水忘名利"。後八句是曲牌[得勝令]的格式，它的前四句隔句相對，形成扇面對，如"秉笏立丹墀"對"俯仰承權貴"。本曲畫面鮮明，一目了然，集中反映了官場與歸隱兩種截然不同的生活。句子整齊，語言流暢，這裏需要指出的是，作者不是因為貪圖清閒才離開官場的，而是他看透了官場的黑暗，是因為他具有耿直清廉的性格。

[雙調] 雁兒落兼得勝令

退　隱

雲來山更佳，雲去山如畫。山因雲晦明，雲共山高下。倚仗立雲沙[1]，回首見山家。野鹿眠山草，山猿戲野花。雲霞，我愛山無價。看時行踏[2]，雲山也愛咱。

注釋

1. 雲沙：猶言雲海。
2. 行踏：行走，散步。

串講

白雲飄來時，山峰顯得更加美麗，白雲飄去時，山景依然美如圖畫。山因雲來雲去而時明時暗，雲因山高山低而忽起忽伏。我倚着拐仗站立在雲海之中，回頭又望見了山中人家。野鹿臥在山坡的草叢中，猿猴在花樹旁不停地跳跑。我愛這裏的雲霞與山峰，一邊看風景，一邊向前行，我想雲山對我也有愛意而表示歡迎。

評析

此曲以大自然中的雲和山作為描寫對象，抒發了熱愛自然超脫凡俗的情懷。作為帶過曲，此曲的前四句為[雁兒落]格式，繪出了一幅變幻莫測的雲山圖，雲來雲去，山高山低，都顯得極為動人，“更佳”、“如畫”是作者喜悅之情的體現，山峰靜止，白雲流動，相互映襯，各盡其好。山的雄壯豪放與雲的嫵媚多姿相互融合，兩兩相濟，美不勝收。此曲寫於張養浩隱居之時，他對山峰的喜愛，或許有“仁者樂山”的人格投射。自“倚杖”句開始為[得勝令]曲牌格式，曲家直抒胸臆，讚美雲山。“倚仗”表明年老，“立”寫出了駐足觀望之態，“野鹿”和“山猿”一靜一動，對應“山草”、“野花”，充滿了濃郁的生命氣息。“我愛山無價”，“雲山也愛咱”，在美麗的山野圖畫中有了作者的身影，讀之倍覺親切感人。這是一幅人與自然和諧交融的優美圖畫。以張養浩憂國憂民的性情，恐怕他是不會完全忘情於現實的，這裏，詩人找到了排遣憂愁的另一種方式。從藝術方面看，風格趨向清逸，曲中反覆出現的“雲”、“山”二字，並不讓人覺得呆板重複，而是具有了獨特的韻味。

白 賁

[正宮] 鸚鵡曲

儂[1]家鸚鵡洲[2]邊住，是個不識字漁父[3]。
浪花中一葉扁舟，睡煞[4]江南煙雨。[么]覺來時
滿眼青山，抖擻[5]綠蓑[6]歸去。算從前錯怨天
公，甚[7]也有安排我處。

注釋

1. 儂：自稱，指我，吳地方言。
2. 鸚鵡洲：在今湖北漢陽西南長江中。
3. 父：古時對老年男子的稱呼，即"翁"。
4. 睡煞：酣睡。煞：甚，極。
5. 抖擻：抖動，振動。
6. 綠蓑（suō）：蓑衣。
7. 甚：詞曲中的領句，有"正"、"真"等意。

串講

　　我的家就住在鸚鵡洲邊，我是個不識字的漁翁。在浪花中
駕着一葉扁舟，在江南煙雨中酣然入睡。[么]睡醒時映入眼簾的
是一片青山，抖一抖蓑衣翩然歸去。想來以前是錯怪了天公，

今天這麼愜意地生活，實在是老天的巧安排呵。

評析

　　這篇作品採用漁翁自述的形式來寫，從《楚辭・漁父》開始，寫“漁隱”成為一個傳統主題。這篇曲作描寫景物生動，形象鮮明，曲中化用了柳宗元“獨釣寒江雪”及張志和“青箬笠，綠蓑衣”的意象，自然天成，情致高雅。“一葉扁舟”、“江南煙雨”、“滿眼青山”等句畫面形象感很強，以景傳情，鑄造了高遠疏闊的意境，主客交融，寫出了曲家高潔的心態和獨立的個性，塑造了一個豁達超脫的漁翁形象，但其中也蘊含着抑鬱憤懣之情，和白樸的《漁父》一樣，曲中所寫的也是一位“不識字”的漁父，當也是譏諷元代賢愚不分、文人失意的現實。此曲影響很大，大德六年（1302），馮子振留住上京，大風雪中，歌女御園秀演唱此曲，並說還未見有“續之者”。馮子振即和百餘首今存四十二首，後張可久又有和馮之曲。此曲原名[黑漆弩]，由於影響很大，首句中又有“鸚鵡洲”三字，曲牌由此另得[鸚鵡曲]新名。由於此曲第四句有“江南煙雨”，元代還有人建議將[黑漆弩]改稱[江南煙雨]，這一名稱雖未見流行，卻可再次說明白賁此曲影響之大。

鄭光祖

迷青瑣倩女離魂

第二折

［越調］ 小桃紅

我驀[1]聽得馬嘶人語鬧喧嘩，掩映在垂楊下，唬的我心頭丕丕[2]那驚怕，原來是響璫璫鳴榔[3]板捕魚蝦。我這裏順西風悄悄聽沉罷，趁着這厭厭[4]露華[5]，對着這澄澄月下，驚的那呀呀呀寒雁起平沙。

注釋

1. 驀（mò）：突然。
2. 丕丕：象聲詞，形容心跳的聲音。
3. 榔：用以擊船舷做聲的木棒，古人鳴榔用以驚魚，使其入網。
4. 厭厭：盛、濃意。
5. 露華：指露水。

串講

我忽然聽到了一片喧嘩之聲，像是馬的嘶鳴又像是人在說話，我馬上躲避在垂楊之後。嚇得我心裏砰砰亂跳，十分害怕，後來才發現是漁夫們敲着榔板在圍捕魚蝦。我順着秋風悄悄地聆聽着這一切，趁着濃重的露水，面對着一輪明朗的月亮，我匆匆趕路。但榔板的聲音還是驚起了寒風中的大雁，它們呀呀地叫着從平沙上飛起。

評析

鄭光祖為元曲後期重要的代表作家，《倩女離魂》是元雜劇中很有名的婚戀題材的作品，男女主角是王文舉和張倩女，這是雜劇的第二折中的曲子，為張倩女所唱，描寫王文舉走後，倩女相思成疾，她魂離軀體，追趕王文舉。此為第三支曲子，先寫她在追趕王生時擔驚受怕驚慌失措，這種描寫非常符合封建時代少女私奔時的心理特徵。作者又通過對秋夜景物的描繪來渲染、烘托倩女的內心與神態。他注重發揮曲體的特色，文筆優美又有醇厚的曲的意味。曲子抒情氣氛濃重，"魂旦"追船時，作品寫出了她恍惚飄渺的神態和焦急畏懼的心

明刊《古雜劇》本《倩女離魂》插圖

理，情景交融，以動寫靜，通過描寫聽覺感受來刻畫人物，如漁船的櫓板聲，使倩女幻聽成是追趕捉她回去的馬嘶人語聲，從而心驚膽戰，在月光下、河堤上，她慌不擇路地奔走着。曲子有聲音，有色彩，有物象，有意境，把倩女的內心烘托得真切動人，語言質樸而又傳神，因而歷來為評論家所激賞，明人何良俊在《四友齋叢說》中稱讚此等曲語"清麗流便，語入本色，然殊不濃郁。"近人王季烈《螾廬曲談》則稱此類曲文為"絕妙好詞"。

醉思鄉王粲登樓

第三折

［中呂］ 迎仙客

雕簷[1]外紅日低，畫棟畔彩雲飛。十二闌干，闌干在天外倚。我這裏望中原，思故里，不由我感歎酸嘶[2]，越攪的我這一片鄉心碎。

注釋

1. 雕簷：華美的屋簷。雕為彩畫、裝飾之意。
2. 酸嘶：悲哽。

串講

我登上這座雕簷畫棟的華美高樓，感覺紅日比屋簷還低，彩雲在樓旁飄行，我倚着這十二欄杆，恰如在天外一般。我在這裏眺望中原，思念故里，悲傷哽咽，只覺得我這一片思鄉之心快要破碎了。

評析

明刊《古今名劇合選》本《王粲登樓》插圖

這是鄭光祖《王粲登樓》雜劇第三折的第三支曲。王粲在歷史上實有其人，他是漢魏之際的"建安七子"之一，他的著名賦篇《登樓賦》是在荊州登麥城城頭所作，寫他的思鄉之情和懷才不遇的愁恨。雜劇中則有不少虛構加工，第三折描寫他淪落荊州時，在重陽節應友人許達之邀，登上許家的溪山風月樓，此曲是他登樓後的首唱曲，沉鬱悲涼，意象逼人。前半部分極寫此樓的華美和高聳，所謂樓在雲中，人在天外。"畫棟"句或許是從唐代王勃的《滕王閣》詩"畫棟朝飛南浦雲，朱簾暮捲西山雨"句化出，但已構成獨立的意境，這就是所謂化用而不沿襲，實際上還是創造。這支曲子的下半部分寫王粲的思鄉之情，心酸哽咽，愁腸百結，"越攪的"一片鄉心碎，這個"攪"字用得很靈動，也顯得很苦痛。值得注意的是，這首曲子的前半極寫樓之華美，後半極寫人之傷心，兩者合為一體，屬跌宕反襯之筆，也是一種長技。元人周德清在《中原音韻》中從音律的角度盛讚此曲："[迎仙客]累百無此調也，美哉，德輝之才，名不虛傳。"

㑳梅香騙翰林風月

第一折

［仙呂］ 寄生草么篇

他曲未終腸先斷[帶云：連我也傷感起來]，俺耳才聞愁越增。一程程入摧相思境，一聲聲總是相思令[1]，一星星盡訴相思病。不爭向[2]琴操中單訴着你飄零，可不道窗兒外更有個人孤另。

注釋

1. 相思令：相思曲。令，詞令、曲令的意思。
2. 爭：如何。不爭向：如何是，為什麼。

串講

他彈琴時一曲未終就十分悲傷，我一聽琴聲竟也添增了憂愁。這琴聲進入了相思境，傳出的是相思曲，傾訴的是相思病。為什麼他的琴曲中只訴他自己的飄零，他可知道窗外還有一個人感到孤單。

評析

《㑳梅香》描寫白敏中和裴小蠻的愛情故事。第一折寫裴母賴婚，白敏中相思致病。婢女樊素陪伴小蠻去後花園散心，正逢白敏中彈琴，她們在門外偷聽。劇中樊素由正旦裝扮，故此曲為樊素所唱，曲詞秀麗而明暢，見賞於世。如果仔細品讀，像這樣的曲詞風格與《倩女離魂》稍有不同，更為質樸本色。明蔣一葵《堯山堂外紀》評《㑳梅香》的曲詞說：“正是尋常說話，略帶訕語，然中間意趣無窮。”近代王國維《宋元戲曲史》評說鄭光祖之曲“清麗芊綿，自成馨逸”，這評語用來說明《倩女離魂》的曲文風格，最能合榫。

［雙調］ 駐馬聽近么篇

秋閨（節錄）

> 雨過池塘肥水面，雲歸岩谷瘦山腰。橫空幾行塞鴻高，茂林千點昏鴉噪。日銜山[1]，船艤岸[2]，鳥尋巢。

注釋

1. 日銜山：太陽落山。
2. 船艤岸：停船靠岸。

串講

　　雨後的池塘，水面變得寬了，雲移入岩谷以後，山腰顯得瘦小了。空中幾行鴻雁飛得很高，茂密樹林中很多烏鴉在噪鬧。但見太陽落山，船隻靠岸，鳥兒歸巢。

評析

　　鄭光祖的[雙調・駐馬聽近]《秋閨》套曲辭句優美，對仗工整，是他的散曲佳作，比較集中地表現出作者的“清麗”風格特色。這裏選錄的是該套中的第二支曲，開頭兩句曾被清代李調元《雨村曲話》評為“曲中名語”。如果說首句用“肥”字狀水面之闊，已見新奇，次句以“瘦”字寫變化，就更屬傳神，雲駐山腰，風光空濛，一旦飄去，那山腰顯出秀麗之姿，似乎清瘦了。而且這兩句平仄屬對，即使置於近體詩中，也屬工對。末尾三句把三種景象並置，匯成一個傍晚時分的總體意境，真可說是渾然天成。

明刊《古雜劇》本《㑇梅香》插圖

金仁傑

蕭何月下追韓信

第二折

［雙調］　沉醉東風

干功名千難萬難，求身仕[1]兩次三番，前番離了楚國，今次又別炎漢[2]，不覺的皓首蒼顏。就月朗[3]回頭把劍看，忽然傷感默上心來。百忙裏搵[4]不乾我英雄淚眼！

注釋

1. 仕：仕途，指做官為宦。
2. 炎漢：指劉邦建立的漢朝。
3. 朗：明亮。
4. 搵（wèn）：擦拭。

串講

人生要建立功名真的是千難萬難的，我尋求出仕並被重用的機會已經多次了，但心願還是沒有實現。以前曾想報效楚國，不遂而放棄，這次投奔劉邦，不被重用，只得又離開，不知不覺間容顏蒼老，長出了白髮。就着明亮的月光回頭我把寶劍看，忽然間傷感之情湧上心頭，匆匆忙忙的歲月中沒有人會擦乾我這雙英雄的淚眼。

評析

　　金仁傑的雜劇《追韓信》，存元刊本，科白較少，只能見其情節大略。劇寫漢將韓信自胯下受辱，乞食漂母起，至登壇拜將，烏江滅項羽止。第二折寫他最初投奔劉邦時，雖有蕭何等極力舉薦，卻只做了個治粟都尉，於是他憤然離去，這支《沉醉東風》曲子寫的就是韓信出走後痛感壯志未酬英雄失路的心情。前五句直抒胸臆，是他對以前求仕不遂宏圖未展的經歷的深深感歎，“千難萬難”集中點明了此時的心情，“皓首蒼顏”是此時的形象，但暗示出不僅是“人老”，而且是“心老”。從“楚國”到“炎漢”，他屢次失望而回，怎能不感心灰意懶呢？後四句描寫月下看劍的悲慨心情。“就月朗回頭把劍看”，意象悲壯。“傷感”句又一次點明心情，“英雄淚眼”則是心情的外化。韓信是秦漢之際的傑出人才，他早年的遭遇也是千百年來有志之士懷才不遇的一個縮影，因而曲詞容易引起不同時代人們感情的共鳴。就曲論曲，末句也有英雄窮途，天下同悲的藝術效應。

曾 瑞

［商調］ 集賢賓

宮詞（節錄）

[高平煞]照愁人殘臘碧熒熒[1]，沉水[2]煙消金獸鼎。敗葉走庭除，修竹掃蒼楹[3]。唱道是[4]人和悶可難爭，則我瘦身軀怎敢共愁腸競？傷心情脈脈，病體困騰騰。畫屋[5]風輕，翠被寒增，也溫不過早來襪兒冷。

注釋

1. 熒熒：微光閃爍的樣子。
2. 沉水：一種香木，又名沉香。
3. 蒼楹：深綠色的堂屋前的柱子，此處指堂前院落。
4. 唱道是：真正是。
5. 畫屋：指繪有彩飾的房屋，這裏指女主人的住房。

串講

　　散發着微光的殘燭照着愁苦的人兒，沉水香在獸狀的銅鼎中已經燃盡了，庭院中衰敗的落葉在飄動，室外的竹枝因風吹在庭楹間作響。這真正是人和愁悶難以爭勝，則我這瘦弱的身體怎敢與愁腸相競爭？此時我傷心不已，深情無處訴說，身體也瘦弱不堪。美麗的屋室有秋風吹入，睡在華麗的被子裏卻倍感冷意，更覺襪兒冰冷，沒有絲毫的暖意。

評析

唐詩中寫宮怨內容的作品比較多，宋詞和元曲卻較少，曾瑞的這個套曲是元曲中寫宮怨的較好作品。全套共有六支曲子，此為第五支。作者選擇了令人感傷的暮秋之夜，以景傳情，刻畫了嬪妃或宮女因遭冷落而備感寂寞愁苦的心情，表達了對這些婦女的深深同情，也就昭示了封建帝王後宮制度的摧殘人性。作品層次清晰，心理描寫十分細膩，先寫室內所見，"殘臘碧熒熒"，"煙消金獸鼎"，暗示了這位女子孤獨的心情。次寫室外的景象，殘葉飄零，竹間風聲，表明了她此時悲苦的心境。最後，寫她感歎孤枕難眠衾枕寒冷的生活，描寫的視線又回到室內，更闌人靜，曙色將臨，她"傷心情脈脈"，但感寒冷，轉輾難眠。作者一開始就用淒涼的景物烘托愁悶情懷，如"敗葉"、"殘臘"即是，接着寫主人公因愁而病，最後三句愈寫愈冷，縱然是"畫屋"、"翠被"，也總是沉浸在冰冷的空間裏，從而使人感到，這位女主人公始終就生活在冰冷的世界裏。

［中呂］ 喜春來

江村即事

> 女兒收網臨江哆[1]，稚子垂鈎靠岸沙，笛聲驚雁出蒹葭[2]。清淡煞，衰柳纜魚槎[3]。

注釋

1. 江哆（duō）：江岔口。
2. 蒹葭（jiān jiā）：指水邊生長的蘆葦。
3. 漁槎：漁船。

串講

女人們已經開始在江岔口處收起魚網，小孩子正在岸邊釣魚，笛聲突然響起，驚飛了大雁，它們從水邊的蘆葦叢中飛起。漁舟正拴攬在柳樹上，這種生活是多麼的平淡而樸實啊！

評析

作品生動地描繪了安祥淡泊而又充滿生活氣息的漁家生活情景，以寫景為主。“女兒收網”、“稚子垂鈎”，這是極其和諧、樸實的日常生活畫面，之後從聽覺入手，笛聲驚雁，意象較為新穎，而一個“驚”字不僅使景物具有了動感，而且畫面也出現了變化，彷彿使我們看到，大雁從蘆葦叢中飛起，這也是以動襯靜，更能突出漁家生活的從容靜謐。如果從曲意而不是拘泥於曲律來作解讀，曲中末尾兩句是今人所謂的倒裝句，“清淡煞”應是最後一句，是作者的心曲的流露。漁家生活樸實而辛勞，而從作家看來，則寧靜而平淡，實際上是對比碌碌紅塵，奔波鑽營行為而言，說到底，又是作者對漁村生活的羨慕與讚美。那麼，當曲家寫出衰柳攬住漁船時，或許會感到它也想留住曲家。曾瑞入元不仕，因喜江浙生活與人才風物而移家南方，性格豪直，“志不屈物”，以致拮据潦倒，不少作品流露了牢騷不平之氣。此曲風格清放平實，在曲中不避俚俗，繼承了早期散曲通俗本色的傳統。

鮑天祐

王妙妙死哭秦少游

第四折

［雙調］ 駐馬聽

一向淹留[1]，寄一紙書來一字愁。自從別後，一番花落一番羞，一聲杜宇[2]倦凝眸[3]。趁一鞭行色慵[4]回首。我精神一旦休，折倒的一枝粉淡梨花瘦。

注釋

1. 淹留：羈留，逗留。
2. 杜宇：即杜鵑鳥。
3. 凝眸：注視，目不轉睛地看。
4. 慵：懶散，懶惰。

串講

你一直羈留在他方，我給你寄去的信的每一個字都凝聚着哀愁。自從我們離別之後，每當花開花落我都禁不住羞惱，聽到杜鵑鳥的哀啼，我都懶得關注什麼春光了。你行色匆匆離去的情景我也懶得回首。我的精神世界忽然變得十分頹靡，使我如春天一枝淡色的梨花一樣憔悴消瘦。

評析

　　《秦少游》雜劇寫北宋著名詞人秦觀遭貶途經長沙時，偶遇妓女王妙妙，王愛慕他的才品，立誓潔身等秦歸來，後秦觀死於歸途，王妙妙見其棺柩哀慟而亡。本劇今僅存二折，其中第四折用[雙調]，今選錄一首。本折寫她夢見秦少游前後的情節，這支曲子是寫她無限思念遠在雷州的秦觀，抒發分手之後的離愁別緒，以至於相思成疾，十分痛楚。曲子先從給他寫信說起，一個"愁"字定下了作品的感情基調，之後結合春天的景致，借景抒情，有"花落"，有"杜宇"，視聽結合。"羞"、"倦"、"慵"等詞語都很好地體現了此時女主人公哀怨傷感的心情。最後兩句更進一步寫出了內心的痛苦與消瘦的形象，其中"休"與"瘦"是關鍵的詞語。這支曲子十分精緻，講究技巧。全曲共有九個"一"字，但用法不同。"一番"、"一聲"用以作為數詞的基本含義；"一向"（許久），"一旦"（忽然）等詞中的"一"已不是數詞本義，而與時間有關；"一紙書"，"一鞭行色"又有了特定的含義。全曲注重音律與修飾，但沒有堆砌之感，音諧字順，曉暢自然，將一個多情女子感傷纏綿的性格刻畫得十分生動。

睢景臣

［般涉調］　哨遍

高祖還鄉（節錄）

[一煞]春採了桑，冬借了俺粟，零支了米麥無重數。換田契強稱了麻三秤[1]，還酒債偷量了豆幾斛[2]。有甚胡突處？明標[3]着冊曆[4]，現放着文書[5]。

注釋

1. 秤：本為衡器名，用來稱重量的，這裏用做量詞。
2. 斛（hú）：古人以十斗為一斛，後又改為五斗。
3. 標：寫。
4. 冊曆：帳冊，帳簿。
5. 文書：借據。

串講

　　春天你採過我家的桑葉，冬天還向我借過糧食，至於平時零碎地向我借的米和麥就數不清了。交易田契的時候還多稱走了我家的三秤麻，還酒債時又趁機偷偷拿走了我的幾斛豆子。這有什麼可糊塗的？帳冊上都明明白白地寫着，現在借據還放在我的手裏。

評析

　　這是《高祖還鄉》套曲中的第七支曲。睢景臣的這首套曲在元散曲中顯得與眾不同，自成一格。其新奇之處在於，它從一位鄉民的角度描寫漢高祖劉邦衣錦還鄉的盛事，拂去了劉邦頭上的神聖色彩與神秘光圈，這樣描寫皇帝的作品在元散曲中是絕無僅有的。這首曲子是寫一位知曉劉邦根底的鄉民無情揭發他昔日的醜行，說他當年在鄉里遊手好閒，不務正業，搶麻偷豆，是個典型的無賴，而且說這一切有憑有證，不容抵賴。據史書記載，劉邦在做皇帝後的第十二年回故鄉，十分榮耀。但睢景臣既沒正面描寫劉邦"威加海內兮歸故鄉"的盛況，也沒有寫他躊躇滿志的得意情態，而是寫鄉民揭其老底，破除了這位漢朝開國皇帝的神聖面目，反映了元代人們對統治階級的強烈不滿，曲作的諷刺語言既詼諧，又尖刻。

［般涉調］　哨遍

高祖還鄉（節錄）

　　［尾］少我的錢，差發[1]內旋[2]撥還；欠我的粟，稅糧中私準除[3]。只道劉三，誰肯把你揪捽[4]住？白[5]甚麼改了姓、更了名，喚做漢高祖？

注釋

1. 差發：當官差，古代百姓要被朝廷徵發當差，有錢的人可以出錢僱人代替。
2. 旋：立即。
3. 私準除：暗中扣除。準：抵償。
4. 捽(zuó)：揪住。
5. 白：平白地，無緣無故地。

串講

你少我的錢，在我應該當官差時馬上抵償；欠我的糧食，在要我上交的稅糧中暗自扣除。我只是說劉三，誰又會把你緊緊揪住不放呢？無緣無故地你為什麼改了姓、換了名，叫做什麼漢高祖？

評析

這支曲子緊承上面那支[一煞]曲，是套曲的尾聲。包含有兩個內容：一是這位鄉民不客氣地向劉邦索還債務，一是對他更名換姓的質問。"漢高祖"是劉邦死後的"廟號"，他活着的時候並沒有這種稱呼，這裏越是寫這位村民的"無知"，越能突出作品的諷刺意味，並且起點題的作用，"漢高祖"的稱呼何其尊貴，原來不就是前面提到的"那大漢"以及這裏說的無賴"劉三"嗎？作品嬉笑怒罵，文筆潑辣幽默，既痛快淋漓，又讓人忍俊不住。散曲的風格通俗本色，寫法新奇獨特，尤以鄉民的口吻十分逼真，生動活潑，如"少我的錢"、"欠我的粟"、"只道劉三"、"白甚麼"等詞語的使用,都是當時極為口語化的語言,很符合這位沒有文化而又淳樸耿直的鄉民的身份。元代後期社會日益動盪,矛盾日趨尖銳,作品就是在這種動盪不安的社會條件下產生的,其蔑視皇權的思想使其在元散曲中獨樹一幟。《錄鬼簿》說:"維揚諸公,俱作《高祖還鄉》套數,公[哨遍]製作新奇,諸公皆出其下。"可知這一套曲當時已負盛名。

喬 吉

［越調］ 天淨沙

即事[1]

鶯鶯燕燕春春，花花柳柳真真[2]，事事風
風韻韻，嬌嬌嫩嫩，停停當當[3]人人[4]。

注釋

1. 即事：就當前事物或景象題詠。
2. 真真：唐代進士趙顏得到一幅美女圖，畫中美人叫真真，是
   南嶽仙子。這裏比喻美女。
3. 停停當當：指打扮得十分得體，恰到好處。
4. 人人：即“人兒”，稱所愛的人，多指女性。

串講

陽春三月，一片鶯歌燕舞，春花柳樹中有一位美女，我認
為她處事大方，也有風韻，她長得既嬌且嫩，並且打扮得十分
得體，恰到好處，真的是我中意的心上人。

評析

喬吉是元代後朝重要的曲作家，較有影響。這是一組四首

小令中的一首。總題“即事”，此為第四首。以男性的口氣，讚美所愛慕的女子的容貌風韻和彼此心心相印的和諧美滿。前三句，用春光明媚鶯燕飛舞的美麗圖畫烘托這位女子，點明了季節，描繪了景物，選取的都是春天典型的景象。後三句集中從正面描繪這位女子，同時表現出對她的真切愛慕以及他們之間兩情相洽的內心世界。她的言談舉止很有風度，嬌美年輕，打扮得體，端正賢淑，道出了男子對她傾慕的原因。這首小令十分注重形式美，通篇採用了疊字，叫疊字體，音韻諧和，一氣貫注，風格近於詞作。明代李開先在《喬夢符小令》序中指出，喬吉散曲不但雄健，而且“蘊藉包含，風流調笑，種種出奇而不失之怪，多多益善而不失之繁，句句用俗而不失之文。”對照此曲，所言中肯。

[越調] 憑闌人

金陵道中

瘦馬馱詩天一涯[1]，倦鳥呼愁村數家。撲頭飛柳花，與人添鬢華[2]。

注釋

1. 天一涯：天的一方，指詩人遠離故園，流落他鄉。
2. 鬢華：指兩鬢白髮斑斑。

串講

一匹瘦馬馱着我和我的詩句，我們遠離故鄉，漂泊天涯，鳥兒疲倦的鳴叫聲中含着愁怨，它們盤旋在荒郊路上散落着的幾處村舍之上。柳花飛舞，迎面撲來，似乎染白了我的頭髮，增添了我的年華。

評析

讀了這首散曲，使我們聯想到了馬致遠在《秋思》中描寫天涯斷腸人時呈現的意象，喬吉的這首小令與《秋思》在一定程度上有異曲同工之處，曲中塑造了一個淪落異鄉的詩人形象，表現了他孤寂思鄉的愁苦心情。開頭描寫漂泊天涯的詩人的情狀。"瘦馬馱詩"暗用李賀的典故（唐代詩人李賀經常騎着馬匹，背上詩囊，處處覓句），代指曲家自己，"馱詩"表示他為了文學創作也如李賀一般"嘔心瀝血"。"倦鳥"句暗示自己飄泊已久，感到對羈旅生活的疲倦，有"鳥倦飛而知還"之意。不說自己哀愁，卻言鳥兒"呼愁"，構思別致，是典型的移情於物，曲折寫出了遊子的鄉愁。後兩句是點題，描寫行走在金陵道上的所見所感。"柳花"一詞既點明是晚春的季節，又暗指其潔白顏色，為下文做好了鋪墊。"撲"字用得十分生動，點明人與柳花相對行進的動態。曲中將白色的柳花與如霜的鬢髮聯繫起來，既富形象，也是借景抒情。此曲曲風雅致清麗，開頭兩句對仗工整，但又顯自然，即所謂不刻意求工而形神俱現，作者駕馭語言的能力很強，寫法則近似於詩詞，這種風格與前期曲作家的本色風格相異。

［雙調］　折桂令

荊溪即事

問荊溪[1]溪上人家：為甚人家，不種梅花？老樹支門，荒蒲[2]繞岸，苦竹圈笆[3]。寺無僧狐狸樣[4]瓦，官無事鳥鼠[5]當衙。白水黃沙，倚遍闌干，數盡啼鴉。

注釋

1. 荊溪：在江蘇省宜興縣南，流入太湖，因靠近荊南山而得名。
2. 蒲（pǔ）：蒲草，一種生長在淺水中的植物。
3. 圈笆：圍繞屋院的籬笆。
4. 樣：同漾，搖動。
5. 鳥鼠：原作烏鼠，屬刊誤。

串講

我問那些住在荊溪邊上的人家：為什麼你們不栽種梅花？但見老樹遮蔽着簡陋的小門，蒲葦草圍繞着荒涼的河岸，梢亂利尖的苦竹圈着籬笆。寺院已無和尚了，狐狸在屋頂上竄來竄去搖動着瓦，衙門裏也已不見官吏們的影子，只有飛鳥與老鼠在其中戲耍。看着溪水與溪邊的黃沙，我只好寂寞地倚靠着欄杆，數着正在啼叫的烏鴉。

評析

　　荊溪沿岸的秀麗風景，在宋代作家蘇軾、梅堯臣等人的筆下都出現過，這是一個恬靜而美麗的地方，是超凡脫俗的“世外桃源”，但在元代，在喬吉的眼中，荊溪已發生了很大的變化，成為破敗荒涼的處所了。此曲可劃分為四層意思，第一層是詩人的設問，以往荊溪人家多種梅樹，而此次來到，已經變化，詩人極為驚詫，因而發出了如此的疑問。第二層是寫現在的荊溪邊的自然景色：人煙稀少，荒草叢生。“老樹”、“荒蒲”、“苦竹”等意象傳達出蕭條破敗之感。第三層寫曲家所看到的寺院與官衙的荒蕪、冷落情況，反映出人間的正常秩序已被打亂，作者的內心極為不平與失落。這裏已經成了鳥鼠的樂園，令人十分感慨。第四層情中有景，抒發了作者內心的惆悵悲愴之情。“倚遍”言久久不肯離去，“數盡”言烏鴉之多，今昔變異，惆悵至極。總之，這裏沒有了高潔可愛的梅花，沒有了百姓的歡聲笑語，從而使讀者悟出了曲中開頭的發問，為什麼“不種梅花”？，同時也就發現喬吉描寫的視角確實與眾不同。喬吉與張可久在風格上比較接近，同屬於後期的清麗派，都精於音律，但二人也有一些差異，張的作品更為典雅，喬吉有時吸取民歌的表現手法，不避俚俗，具有雅俗兼重的特色，從這支散曲可以看出這一點。

［雙調］ 清江引

有　感

　　相思瘦因人間阻[1]，只隔牆兒住。筆尖和露珠，花瓣題詩句，倩[2]銜泥燕兒將[3]過去。

注釋

1. 間阻：阻攔。
2. 倩：請。
3. 將：帶。

串講

　　思念情人，使我消瘦，我與他只有一牆之隔，卻遇到人為的阻攔，我多麼希望用筆毫蘸着露珠，在花瓣上寫下美麗的詩句，請燕子帶過牆去，送給我的心上人。

評析

　　這首小令是戀情受阻的女子抒發相思之情，並由此引發了抒情主人公新奇的聯想。開頭兩句，描寫現實中她痛苦的處境。"相思"表明此曲主題，"瘦"顯示"相思"程度之深，"人間阻"揭示痛苦的原因，或因兩方家長的反對，或來自社會輿論的壓力，因而這種"隔牆"就不僅僅是泥土磚石砌成的有形的牆，更是封建婚姻制度與封建禮教這堵無形的牆了。兩人近在咫尺，卻情愫難通，用《西廂記》中的曲文來說，那就是："隔花陰人遠天涯近"。最後三句為這位女子的心願表述，寫法新穎，既然無法見面，又無人幫助傳詩遞簡，那麼就請燕子幫忙，將"筆尖和露珠"寫就的"花瓣題詩句"銜給情郎，以解相思之苦。這位可愛的女子羨慕自由的燕子，正說明她愛情的不自由，也表明了她不屈服於阻力的性格。明代阮大鋮的戲曲傳奇

元本《太平樂府》喬吉曲作書影

《燕子箋》，其中所寫的燕子傳箋，促進婚姻的情節，當受這首小令的影響。

阿魯威

［雙調］ 蟾宮曲

問人間誰是英雄？有釃酒[1]臨江，橫槊[2]曹公。紫蓋黃旗[3]，多應借得，赤壁東風。更驚起南陽臥龍，便成名八陣圖中。鼎足三分[4]，一分西蜀，一分江東。

注釋

1. 釃酒：斟酒。
2. 槊（shuò）：矛。
3. 紫蓋黃旗：指祥瑞的雲氣，古代術士以為帝王符瑞。
4. 鼎足三分：鼎有三足，這裏比喻魏、蜀、吳三分天下。

串講

試問人世間究竟誰才是真正的英雄？有一位是對着長江飲酒，橫拿着長矛的曹操。東吳雖有王氣，赤壁一戰，還是借助東風，才打敗了曹軍。驚起了南陽的臥龍，他就是諸葛亮，他推演兵法而設下的八陣圖更使他揚名後世。如同鼎有三條腿一樣，天下被三分，一分屬於西蜀的劉備，一分屬於江東的孫權。

評析

　　這是一首詠史懷古之作。作者通過懷念並歌頌三國時期的英雄豪傑，表達了追慕古賢渴望建功立業的豪情壯志。散曲分為三層內容，首先提出問題："問人間誰是英雄"。作品以發問的形式開篇，問得突兀而又概括。中間為主體部分，是對三國時期三位傑出英雄的回憶與讚頌。作者努力尋找英雄的目光，停留在了英雄輩出的三國時代。寫曹操時突出他面對長江飲酒，並橫槊賦詩，既是詩人，也是豪雄，蘇軾《前赤壁賦》中說曹操"固一世之雄也。"寫孫權時，指出虛幻的王氣不足依靠，赤壁大戰，東吳的勝利是因為孫權、周瑜借助了東風，才擊退了曹操，暗示孫權的幸運。對諸葛亮則突出了他的韜略和智慧。杜甫有詩句"功蓋三分國，名成八陣圖"，這裏是化用其意。第三層即最後三句是總結三國三分天下的歷史。作品的情調激烈慷慨，沒有懷古之作常見的歎息與感傷。作者以鮮明生動的人物形象來表現主題，一國選擇一位英雄，抓住了典型事件，描繪了極富形象性的畫面來展示英雄們的業績，語言生動，富於表現力。值得注意的是於西蜀選擇諸葛亮而摒卻劉備，見出作者的英雄之見。

薛昂夫

[正宮] 塞鴻秋

凌歊台懷古

凌歊台[1]畔黃山舖[2]，是三千歌舞亡家[3]
處。望夫山[4]下烏江渡[5]，是八千子弟思鄉去。
江東日暮雲，渭北春天樹。青山[6]太白墳如故。

注釋

1. 凌歊（xiao）台：在安徽當塗縣西黃山之巔，南朝宋代的劉
   裕曾建離宮於此。
2. 舖：驛站。
3. 亡家：無家，指離家外出。
4. 望夫山：在安徽當塗縣西北四十里。
5. 烏江渡：在安徽和縣東北。項羽兵敗，自刎烏江。
6. 青山：在安徽當塗縣東南，李白墳在山的西北方向。

串講

在黃山驛站附近有座凌歊台，是遠離家鄉的三千粉黛輕歌
曼舞之處，當年這裏是劉裕的離宮。在望夫山上是否可以眺望
到項羽兵敗的烏江渡呢？這裏也是隨項羽征戰的八千將士思鄉

的地方。唐時，李白曾住在江東，黃昏時雲彩掛在天邊，杜甫生活在渭北，春天的花樹十分美麗。而今在青山西北的李白墳還像當初安葬時一樣。

評析

　　薛昂夫的這首詠史懷古作品，不局限於描寫一地一事，而是泛詠當塗縣與和縣境內的三大古跡，由此小令可劃分為三個層次。第一層，以凌歊台為中心，詠歎劉裕之事，感歎富貴榮華不能常在。江山易主，舞榭歌台，成了一代王朝興亡的見證。第二層，從望夫山聯想到烏江渡，感慨英雄豪傑功業成空，風流雲散。西楚霸王項羽，有滅秦之功，當時威震天下，所向披靡，卻最終兵敗垓下，自刎烏江，當年跟隨他的八千子弟亦不知所終。第三層，以李白墳所在的青山為中心，感歎才學詩情皆為虛幻。杜甫在《春日憶李白》中寫道："白也詩無敵，飄然思不群。清新庾開府，俊逸鮑參軍。渭北春天樹，江東日暮雲……"作者這裏借用，既有對李白的懷念，也有感歎李白死後的寂寞之意。通過選取的這三個歷史人物，散曲分別表現了帝王富貴、英雄功名、詩家聲名之不可憑恃，每一層都緊扣盛衰之感。小令主要的藝術手法就是對比。同是凌歊台，三千歌舞與家國敗亡對比；同是烏江渡，以當初項羽率八千子弟的叱吒風雲，與最終潰敗思家甚至自刎對比；同是春樹暮雲，才華出眾的詩仙與青山孤墳的對比。從而作者幾乎否定了紅塵的一切，實際上卻又是抒發了深沉的人生感慨。薛昂夫是維吾爾族作家，是貴胄之後，其曲風與馬致遠相似，以疏放豪宕為主，豪放中又見華美，與貫雲石的曲風相近。此曲能反映出這一點。

［雙調］ 殿前歡

夏

　　柳扶疏[1]，玻璃萬頃浸冰壺[2]。流鶯聲裏笙歌度，士女[3]相呼。有丹青[4]畫不如。迷歸路，又撐入荷深處。知他是西湖戀我，我戀西湖？

注釋

1. 扶疏：枝葉茂盛紛披的樣子。
2. 冰壺：盛冰的玉壺，這裏形容湖面的潔淨澄澈。
3. 士女：泛指男女。
4. 丹青：紅色和青色的顏料，也指圖畫。

串講

　　西湖的堤岸邊，柳樹枝葉茂盛，寬闊的湖面如同玻璃般平靜，月光也十分皎潔澄澈。在婉轉的黃鶯鳴叫聲裏，傳來了音樂之聲，還有男女同遊西湖的呼喚聲。即使長於繪畫，也畫不出這種美麗的景象。歸去時，有的人迷了路，又將船撐入了荷花深處。又有誰能分清是西湖眷戀着我，還是我愛戀着西湖呢？

評析

　　這是薛昂夫晚年退居西湖時所作，原有四首，分詠四季的西湖，這裏選錄的一首是描寫夏日。內容劃分為四層，第一層寫了西湖堤岸的柳枝、湖面及月光。其中，用“玻璃”、“冰壺”這兩個比喻，分別寫出了湖面的寬闊明亮與平靜，以及月光的皎潔迷人。一個“浸”字傳達出了曲家的陶醉之情，同時給人以清涼之感，讓人身心俱適。第二層主要從聽覺描寫遊湖的人們。他們的笙歌隨着流鶯之聲響起，又聽到了妙齡男女相呼相邀，十分盡興，作者不禁感歎，“有丹青畫不如”，實是說西湖之美是難以描畫的。第三層交代歸途中人們迷路的趣事。這使我們想起了李清照的詞句《如夢令》：“興盡晚回舟，誤入藕花深處。”此曲用一個“又”字，更表現了遊人的神迷心醉。最後一層為曲家的感歎，抒情為主，展現的是作者的奇思妙想，他移情於物，把對西湖的喜愛之情展示得新鮮別致，物我渾融，景情合一，並以問句作結，給讀者留下無盡的聯想。

秦簡夫

宜秋山趙禮讓肥

第一折

［仙呂］　寄生草

　　餓的這民饑色，看看的如蠟渣。他每都家家上樹把這槐芽掐，他每都村村沿道將榆皮剮，他每都人人繞戶將糧食化[1]。［趙孝云：兄弟，俺如今衣不遮身，食不充口，兀的[2]不窮殺俺也。］［正末唱］現如今弟兄衣袂不遮身，可着俺貧寒子母無安下。

注釋

1. 化：丐求、乞討。
2. 兀的：怎的。

串講

　　流離失所的災民都面有饑色，看上去蠟黃污濁。他們摘槐芽吞食，剝樹皮充饑，還挨家挨戶去乞討。如今我們自己也衣不蔽體，母子三人到哪裏去安身？

評析

　　秦簡夫是元代後期雜劇作家，本色當行，當時頗有聲名，他的《趙禮讓肥》雜劇第一折寫漢末大亂，百姓流離失所，實際上反映的是元末連年災荒，兵戈四起，人民生活無着的現實。劇中主角趙禮攜母扶弟外出逃荒，路途中只見哀鴻遍地，這支[寄生草]語言白俗，感情痛切，可稱得上是曲中的流民圖。曲中使用了比喻的修辭方法，如用"蠟渣"形容飢民的臉色，還用了三個"他每都……"的排比句式寫災民的慘狀，加之藝術上白描的寫作手法，很好地反映了作者的社會責任感與憂患意識。

張可久

［中呂］ 紅繡鞋

天台¹瀑布寺

絕頂峰攢²雪劍，懸崖水掛冰簾，倚樹哀猿弄³雲尖。血華⁴啼杜宇⁵，陰洞吼飛廉⁶。比人心山未險！

注釋

1. 天台：山名，在今浙江省天台縣北。中有方廣寺，寺旁有瀑布。
2. 攢（cuán）：聚攏。
3. 弄：叫喚，戲弄。
4. 血華：血花。
5. 杜宇：杜鵑鳥。
6. 飛廉：傳說中的風神，又稱風伯，此指風。

串講

天台山的頂峰絕壁像聚集着一排閃着寒光的寶劍，懸崖上流下的瀑布水如同是掛着冰做的幕簾，叫聲淒厲的猿猴在白雲繚繞的山巔倚樹嬉玩。杜鵑鳥也啼聲哀怨，像是要啼叫出血花來，陰森的山洞裏狂風怒吼。但比起人心的險惡來這山峰也許還並不艱險！

評析

　　這首散曲描寫天台山瀑布的高峻奇險，筆力剛健雄奇，並將寫景與諷世巧妙結合，含義很深。小令的第一句寫天台的華頂峰，高寒奇詭，如同雪劍刺天，"攢"字用得十分生動。第二句寫瀑布水的陰冷森寒，瀑布從奇險的頂峰飛流而下，"冰簾"既喻瀑布之狀，又寫其寒氣逼人。第三句視聽結合，進一步烘托天台之險，山峰高樹上的猿猴哀鳴嬉戲，"雲尖"是寫山高，"弄"字給人奇異之感。第四句依然從聽覺入手，用杜鵑啼血的意象渲染天台瀑布的奇險恐怖。第五句寫山洞中陰風怒吼，將此地之險境推向極致。一個"吼"字令人不禁毛骨悚然。第六句顯得格外有力，寓意深刻，讀者讀曲至此，方知前面寫出了高山飛瀑的險惡，正為逼出此句，指出比山水更險的是人心，筆鋒陡轉，從而使劍峰、冰瀑、哀猿、啼鵑、冷風成為連珠之喻，耐人尋味。《莊子‧列御寇》云："凡人心險於山川，難於知天。"此曲暗含着張可久對世道人心難測的無限感慨。作者設喻新奇，濃墨重彩，有聲有色，興中有比。在張可久寫景之作中，往往有細緻的描寫，新鮮的感受，但像這樣風格剛健粗獷的作品，並不多見，因而使人耳目一新。

［中呂］ 山坡羊

閨 思

　　雲松螺髻[1]，香溫鴛被[2]，掩春閨一覺傷春睡。柳花飛，小瓊姬[3]，一聲"雪下呈[4]祥瑞"，團圓夢兒生喚起。"誰，不做美？呸，卻是你！"

注釋

1. 螺髻：螺旋形的髮髻。
2. 鴛被：也叫鴛衾，繡有鴛鴦之被。
3. 小瓊姬：美麗的小丫頭。
4. 呈：顯露。

串講

　　螺旋形的髮髻蓬鬆得像一團雲，身體已經把鴛鴦被溫暖了，因為傷春沒有心情，只好關起閨門長睡。窗外，春天的柳絮在飄飛，美麗的小丫頭在大聲讚歎："瑞雪紛飛兆豐年啊，"硬是把我的夫妻團圓夢給驚醒了。是誰這麼不成全我？呸，原來卻是小丫頭你！

評析

　　張可久的這首散曲很受明代著名文士王世貞的推重，評之為"情中悄語"(《藝苑卮言》)。它描寫的是傳統的離別傷春內容，但寫法很別致，作者描寫了這位思念丈夫的少婦與侍女間一次富於戲劇性的小衝突，十分生動傳神。先寫少婦思春長睡的睡態。"雲松螺髻"表明她在酣睡之中，"鴛被"與主題相關，表明她已有丈夫，"傷春"乃直接點題，這些都反映了這位少婦的多情。中間寫小丫頭的驚呼喚醒了她的春夢。柳絮飄飛，一片潔白，如同冬日飛雪，這位侍女不禁歡呼雀躍。中國民間認為大雪是豐年的先兆，因而稱為瑞雪。這也表現曲家豐富的聯想，同時也點明了季節。"團圓"是少婦的渴望，但可惜只能在夢中，一個"生"字，典型地體現了少婦對離人的深切思念。東晉才女謝道韞將雪比喻成"未若柳絮因風起"，這裏是反用，寫小丫頭把柳絮當成雪。最後寫少婦嗔怪懊惱的神態。這裏用淺俗的口語來摹寫少婦的聲態，神情畢肖，深化了傷春主題的表達。這首散曲構思新巧，富於戲劇性，將敘事與描繪融為一體，通俗活潑，尤其是寫到了人物的語言，雖然不多，但已生動地表現了小丫頭的天真好奇與女主人的心事企盼。這首

清刊《張小山小令》書影

散曲的寫法與風格在元曲中是極有特色的，也表明了張可久的創作雖以典雅清麗為主，但也有自然活脫之作，說明他的曲作風格的多樣性。

〔中呂〕 賣花聲

懷　古

美人自刎[1]烏江岸，戰火曾燒赤壁[2]山，將軍[3]空老玉門關[4]。傷心秦漢，生民塗炭[5]，讀書人一聲長歎。

注釋

1. 美人自刎：相傳項羽愛妾虞姬在垓下之圍中自刎，後項羽兵敗烏江自盡，垓下、烏江非是一地，此處將二事合一。
2. 赤壁：在今湖北蒲圻縣。
3. 將軍：指東漢名將班超，漢明帝、章帝時，奉命安定西域。
4. 玉門關：在今甘肅敦煌縣西，是古時通西域的要道。
5. 塗炭：泥沼和炭火，比喻百姓的困苦。

串講

漢末的烏江岸邊，發生了美人虞姬與英雄項羽先後自殺的悲劇；三國時期，戰火燒紅了長江邊的赤壁山；東漢時班超遙望着玉門關嗟老思鄉。讀到秦漢的史書不禁讓我傷心，百姓如陷入泥沼和炭火中一樣，命運十分困苦，使我這個讀書人不由得發出一聲同情的長長歎惜。

評析

　　這是一首詠史懷古之作。張可久有感於秦漢時代的幾個歷史事件而發感慨，在他看來，英雄美人的事跡或悲壯或哀豔，固然可讚可歎，但民生疾苦更值得人們思考與關注，歷史上廣大百姓的苦難更加讓人同情與無法釋懷。這一主題思想是深刻而進步的，也因此使這首小令更引人注目。作品內容可分兩部分，首先是敘述了三個歷史故事：霸王別姬、吳蜀破曹、班超從戎。先寫了楚漢之爭的關鍵結局，這是一齣動人心魄的歷史悲劇，按歷史記載，虞姬自殺與項羽自刎兩件事並非同時發生的，這是作者故意並置，以增添藝術效果。接着寫火燒赤壁的畫面：長江岸邊，烈火融融，以此象徵孫劉聯盟的勝利與曹操的失敗。下面寫的 “將軍” 指東漢投筆從戎、西域建功的名將班超，晚年他在西域十分思念家鄉，曾上書皇帝，中有 “但願生入玉門關” 之句。這三件事，作者全部是棄其鼎盛，寫其衰敗，借古言今，意在證明功名事業都轉瞬成空。第二部分以作者的抒情感歎為主。書齋中的他翻閱秦漢史籍，思索的目光不由得從英雄轉向平民百姓。他痛苦地看到，無論是英雄事業的鼎盛輝煌還是衰敗失落，帶給廣大人民的永遠是深重的災難。 “傷心” 與 “長歎” 都充分反映了一個文人書生，對人民命運的同情與關注。張可久一生沉鬱下僚，生活窮困，充當小吏，更能接近民間，所以他在感歎世事，憑弔古跡時，總會想起民間的疾苦和儒士的悲哀。這首散曲前三句在藝術上除了使用典故之外，還構成了鼎足對，整飭而雅麗，作者注重煉字煉句，注重曲的形式美，但沒有雕琢之感，前面的詠史與後面的抒情巧妙結合，且寓意深刻，受人稱道。

［雙調］　折桂令

九日[1]

對青山強整烏紗[2]，歸雁橫秋，倦客思家。翠袖[3]殷勤，金杯錯落[4]，玉手琵琶。人老去西風白髮，蝶愁來明日黃花。回首天涯，一抹斜陽，數點寒鴉。

注釋

1. 九日：古代指重陽節，即農曆的九月初九。
2. 對青山強整烏紗：用孟嘉"龍山落帽"的典故，這裏反用之。晉征西大將軍桓溫九月九日在龍山宴客，參軍孟嘉風吹帽落，但他泰然自若，不以為意。
3. 翠袖：指代歌女，下面的"玉手"同。
4. 錯落：參差交叉，一說酒器名。

串講

面對着青山，我勉強地整理一下官帽，大雁正飛回南方，橫排在秋日的高空中，我這個羈旅的倦客十分思念家鄉。此刻宴會上歌女正殷勤勸酒，名貴的酒杯參差交叉，還有的人彈起了琵琶助興。而秋風吹動了我的白髮，我忽然感到人已老去，我見到有兩三隻蝴蝶飛來，我想它們也會為明日衰敗的菊花發愁。登高向遙遠的天涯之處眺望，我看到了正在落下的夕陽，遠方星星點點的是幾隻歸林的寒鴉。

評析

　　這首散曲抒發的是歸隱的主題，可謂人在官場，心在林泉，反映了入仕與歸隱的矛盾。張可久一生仕途不順，生活在辛勞窘迫中，大半生的時間奔波在江浙一帶，時隱時仕，有時迫於生計，不得不出來做小吏，他的歸隱題材的作品往往表現出悲涼的感情，渴望田園生活而不可得的惆悵。這首小令先寫重陽節登高時所見之景，表達了歸鄉之情。第一句反用孟嘉的典故，表明自己做官是勉為其難，強打精神。“倦客思家”為點題之句，“歸雁”與“倦客”共同表達厭倦仕途渴望歸鄉的心情。次寫眼前宴飲時的情景與心情。儘管有美人、美酒、音樂陪伴，但難以消除內心的鄉愁。“翠袖”、“玉手”是借代的修辭方法。再寫秋日佳節中的人生感慨。人到暮年，兩鬢染霜，今日飲酒賞菊，明日就是滿地落英，蝴蝶也會發愁，蝶愁就是人愁，主客一體。白髮與黃花的色彩又形成了對比。“老”、“愁”與前面的“歸”、“倦”呼應。最後寫景，借景抒情，渲染了漂泊天涯的傷感之情，化用了宋代詞人秦觀《滿庭芳》中的詞句：“斜陽外，寒鴉數點，流水繞孤村”。作者的視線又回到秋景，回到空中。“斜陽”、“寒鴉”的意象與“歸雁”、“黃花”一致。曲中選取秋日典型的意象表現思歸之情，情景交融，曲風清麗雅正，代表了張可久散曲的典型風格，他熱衷於學習詞的表現手法，且多錘煉詩詞名句，如蘇軾《九日次韻王鞏》："相逢不用忙歸去，明日黃花蝶也愁。"作者還十分注意景物色彩的對比：如"青山"與"烏紗"，"金杯"與"玉手"，"斜陽"與"寒鴉"，以冷色為主，也是一個特色。

［雙調］ 清江引

老王將軍

綸[1]巾紫髯[2]風滿把，老向轅門[3]下。霜明寶劍花，塵暗銀鞍帕。江邊青草閒戰馬。

注釋

1. 綸（guān）巾：古代配有青色絲帶的頭巾。
2. 髯（rán）：頰毛，亦泛指鬍鬚。
3. 轅門：領兵將帥的營門。

串講

老王將軍戴着配有青色絲帶的頭巾，紫色的鬍鬚被風一吹滿滿的一束，他北向軍營的營門站着，已顯年老之態。原來鋒刃如霜的寶劍已經不太明亮，他的坐騎長久不用，鞍墊上積滿了灰塵。遠處江邊長滿了青草，戰馬正在悠閒地吃草。

評析

　　這支小令以軍旅人物為題材，寫一位飽經風霜征戰沙場的老王將軍晚年的寂寞生活，他已被朝廷閒置不用，反映了作者的同情之心，也寄寓了作者懷才不遇的憤懣之情。開頭兩句寫將軍的裝束與蒼老之態。"紫髯"寫出了他的與眾不同，"風滿把"使我們聯想到了其久經風霜的人生經歷，同時又富於動感，一個"老"字為點題之處，"轅門"乃是他的日常生活場景，切合"將軍"的身份。中間兩句透露出寶劍蒙塵、坐騎閒置的晚年悲涼的生活。或許年輕時代他馳騁疆場，揮劍殺敵，屢立戰功，現在卻被朝廷遺忘，孤獨地站在轅門外，備受冷落，其心情可想而知，作者意在言外，讓人想起功臣臨老見棄的殘酷規律。這首小令的最後一句描繪了一幅靈動的畫面，以戰馬的閒置，襯托將軍本人的失落與悲憤。句中"閒"字，極富表現力，戰馬"閒"而人心非"閒"。這首小令層次清晰，語言含而不露。分明曲中有怨，卻不見一個怨字，用一種幾乎是純客觀的描繪手法寫人寫物，雖不寫人物內心世界，而人物內心自露，這正是作者藝術手法的高超之處。

徐再思

［雙調］ 水仙子

夜 雨

　　一聲梧葉一聲秋，一點芭蕉一點愁，三更歸夢三更後。落燈花[1]棋未收，歎新豐逆旅[2]淹留。枕上十年事，江南二老[3]憂，都到心頭。

注釋

1. 燈花：油燈上燈芯的餘燼，結成花形，故有此稱。
2. 逆旅：旅舍。《新唐書·馬周傳》載有馬周在新豐旅店遭到冷遇的故事，此句指未遇時的窮愁潦倒之態。
3. 江南二老：指家中的父母，徐再思是浙江嘉興人。

串講

　　隨着一葉梧桐的落下，知道了秋天的到來。秋雨打在芭蕉葉上，更讓人增添了一份愁悶。夜半做起了歸鄉之夢，不禁從夢中驚醒。醒來見到的是落下的燈花及凌亂的棋枰，感歎當年馬周在新豐旅舍遭到冷遇，羈留異鄉的故事。伏枕回憶數十年往事，想起江南家鄉的父母，感慨萬千，一切都湧到心頭。

評析

　　這是徐再思的名作，作品描寫了雨夜時的羈旅愁懷，抒發了遊子思歸之情，是自敘身世之作。開頭三句以寫景為主，渲染了深秋雨夜淒涼的氣氛，並點明了思鄉的主題。從寫曲的術語說，這三句還是工整貼切的鼎足對，多用數量詞，且有意重複，聲情並茂，由淺入深。“秋”點明季節，“愁”點明心情，“歸夢”告訴讀者“愁”的具體內容，語言有迴環複沓之美。“落燈花”兩句寫醒後所見所感，感歎夜不能寐和旅居的寂寞無聊。第五句用唐代馬周的典故，當是為了表達孤獨異鄉、倍受冷落的世態炎涼之感，也表明從古至今羈旅思鄉的人，心境都是相同的。最後三句，以突出心理活動為主。“十年”，舉其成數，泛指人生經歷。“江南二老憂”，實是要寫自己對親人的牽掛，卻寫親人為我而憂，更顯傷情。午夜夢回，枕上思憶，漫漫人生，百感交集，暗示了鬱鬱不得志的精神傷痛。此曲字句凝練，抒情深細婉曲，將旅人愁思抒發得淋漓盡致，感情真摯動人。徐再思號“甜齋”，與號“酸齋”的貫雲石齊名。但兩人的創作風格不同，徐再思的作品風格以清麗為主，工於煉字造句，此曲可以說是這方面的代表之作。王世貞《藝苑卮言》謂此曲開頭三句是“情中緊語”。

［雙調］　殿前歡

觀音山[1]眠松[2]

老蒼龍，避乖[3]高臥此山中。歲寒心不肯為梁棟，翠蜿蜒⁴俯仰相從。秦皇舊日封⁵，靖節⁶何年種？丁固當時夢⁷。半溪明月，一枕清風。

注釋

1. 觀音山：名觀音山的山很多，此處所寫或在揚州。
2. 眠松：指倒臥着生長的松樹，又稱臥松。
3. 避乖：躲避亂世。乖：不正常，此指世道混亂。
4. 翠蜿蜒：指纏繞在松樹上的青藤之類。
5. 秦皇舊日封：《史記》載秦始皇在泰山遇暴風雨，曾休息於松樹下，因封松為五大夫。
6. 靖節：指陶淵明，世稱靖節先生。
7. 丁固當時夢：丁固，三國時吳人。《三國志》載，丁固曾夢松樹生其腹上，對人說：「松字十八公也，後十八歲，吾其為公乎！」後果官至大司徒。

串講

這是一棵如同老蒼龍一般的松樹，因為躲避亂世而高臥在此山中。它有抗擊嚴寒之心，不願去做棟樑之材，翠藤纏繞其上，相隨跟從。我問眠松：你是不是昔日秦始皇所封的五大夫？還是陶淵明哪一年種下的呢？或許是吳人丁固當時夢見的那一棵松樹吧？現在，每天有地上溪水與天上明月陪伴，於是枕着清風，蒼松怡然而眠了。

評析

　　散曲以松喻人的情操。內容可以劃分為四層。第一層寫老松的形態特徵及成為“眠松”的原因。“老蒼龍”三個字，起筆不凡，言其枝幹挺拔，歷久年深，形象又富有深意，“龍”在古代是吉祥而有大能的象徵，言“眠松”有非凡的氣質。“避乖”交代它“高臥此山”的原因。第二層寫“眠松”獨特的性情及藤蘿相隨相從之狀。“歲寒心”語出自《論語·子罕》：“歲寒，然後知松柏之後凋也”。明寫松樹抵抗嚴寒的意志，暗示高士不懼逆境，保持自己高潔的情操。過去，人們常稱松、竹、梅為“歲寒三友”，並常用來激勵節操。“不肯為梁棟”是點睛之筆，是激憤之言，是全曲關鍵的一句，歲寒心與棟樑材原屬一致，一旦到了不肯充任“棟樑”的地步，其痛切可知。語言之沉痛，點出世道之不明。漢魏以來古詩中常以藤蘿纏樹喻夫妻和合，此曲“翠蜿蜒”句可解讀為比喻隱士與妻子淡泊相守，志同道合。有知音生死相伴，那麼隱士生涯更多了一層高潔色彩。第三層為詩人的感歎與讚揚，以鼎足對形式，連用三個典事，說明自古以來，松樹同類，榮辱不同，依託相異，有皇帝，有貴人，有隱士。這番筆墨既寫出松樹世界的歷史滄桑，也是為下文作鋪墊。第四層為最後兩句，以寫景作結，扣緊題目，寫“眠松”安然與明月清風相伴，它會永遠堅持着它的高尚品質。此曲為詠物體，主要運用了擬人象徵手法，松與人一體，不露痕跡，句句言松，又句句寫人，並與寫景、用典結合起來，出色地刻畫了“觀音山眠松”的生動形象，不僅思想性強，藝術價值也很高。

［雙調］　沉醉東風

春　情

　　一自多才[1]間闊[2]，幾時盼得成合[3]？今日
個猛[4]見他門前過。待喚着怕人瞧科[5]。我這裏
高唱當時水調歌[6]，要識得聲音是我。

注釋

1. 多才：指女子的意中人，是親昵的稱呼。

2. 間闊：久別，指分別了很久。

3. 成合，指正式結為夫妻。

4. 猛：突然。

5. 瞧科：瞧見。科：本為元雜劇術語，指表情動作。

6. 水調歌：詞曲名。

串講

　　自從與心上人分別，時間已過去了許久，什麼時候才能盼
到成親呢？今天突然看見他從門前經過，想大聲叫住他又怕被
人看見。我在這裏大聲唱起了水調歌，希望他能從歌聲中聽出
來是我。

評析

　　這是一首十分生動的情歌，前兩句寫久別後女子對情人的

思念。“多才”是才郎的意思，“間闊”與“幾時”相連，似乎看不到時間的盡頭，顯示女子渴望早日成就婚姻的願望。中間兩句寫男子突然出現後女子的複雜心態，想呼喚而不敢呼喚。最後兩句突出表現了她的機智，她急中生智，大聲唱起了情人熟悉的水調歌，以歌聲傳遞消息。小令也就在此戛然而止。此曲寫來極富生活氣息，對一位沉浸在戀愛中的女孩的心理刻畫十分成功，曲中寫她出現了許多次情緒的轉折，先是無盡頭的思念，未免抑鬱，二是心上人突然出現，轉為驚喜，三是欲喚叫而不敢，當然焦急，四是忽地大聲唱歌，足見機智。通過這幾番描寫，曲中主人公呼之欲出，她不像是大家閨秀，而應是小家碧玉，乃或是城坊細娘。

［雙調］ 賣花聲

碧桃紅杏桃源路，綠水青山水墨圖，杖頭挑着酒葫蘆。行行覷着[1]，山童吩咐，問前村酒家何處？

注釋

1. 覷（qù）着：看着。

串講

桃杏夾道盛開，像是走在桃花源中的路上，滿目青山綠水，像是一幅水墨圖畫，我的手杖上掛着一個葫蘆，邊走邊看，我吩咐童兒，問一問前村的酒店在哪裏？

評析

　　碧桃、紅杏、綠水、青山都是常見的景色，寫在詩歌中或嫌陳俗，此曲信手拈來，卻把它們與“桃源路”、“水墨圖”聯繫起來，於是呈現出雅致的意象。緊接着在第三句中出現的那位杖頭挑着酒葫蘆的人，更顯瀟灑，實際上他也是“水墨圖”中的形象。四、五句都寫動作——“覷着”和“吩咐”，結句寫酒渴，也向讀者交代：酒葫蘆已經空了。

［越調］　憑闌人

清　江

　　九殿[1]春風鳷鵲樓[2]，千里離宮[3]龍鳳舟[4]。

始為天下憂，後為天下羞。

注釋

1. 九殿：泛指皇帝宮殿，“九”是多數之稱。
2. 鳷鵲樓：宮觀名，漢武帝時建。此處指代長安。
3. 離宮：皇帝出巡時的行宮。
4. 龍鳳舟：指皇帝乘坐的船。相傳隋煬帝去揚州時乘大龍舟沿運河而下。

串講

　　先在長安鴟鵲樓頭春風得意，又乘坐着豪華的龍鳳舟來到千里之外的揚州行宮。開始總是說為天下之憂而憂，後來的所作所為卻被天下人羞辱恥笑。

評析

　　這首散曲題名"清江"，曲中寫長安宮觀和千里龍鳳舟，指隋煬帝楊廣事，相傳隋煬帝下揚州觀瓊花，極盡奢侈，為人唾罵，曲中一、二句對仗較工，寫隋煬帝由長安到江都，三、四句宕開作結，短短的十個字揭示了封建王朝興盛與衰亡的規律。封建帝王在掌權之前或立國之初，大抵都有心憂天下，順乎民心的宣稱乃或實踐，一旦坐穩江山，便窮奢極慾，荒淫腐敗，落得萬民唾罵。曲中雖然並未點明封建統治者驕奢淫逸的必然結果是亡國滅家，但這是歷史所昭示的必然結局。元代散曲中有不少大膽譴責上層的作品，這是其中之一。

曹　德

［雙調］　清江引

長門[1]柳絲千萬縷，總是傷心樹。行人折嫩條，燕子唧輕絮，都不由鳳城[2]春作主。

注釋

1. 長門：漢宮名，這裏指代京城。
2. 鳳城：指京都、皇宮。

串講

京城的柳條有千條萬縷，卻成為了傷心之樹。行人折斷了它細嫩的枝條，燕子又總把柳絮唧走，這一切都不能由京城的春天來作主！

評析

據《輟耕錄》記載：元末，太師伯顏專權，誅殺無辜，陷害王室成員，曹德作[清江引]二首諷之，這是其中的一首。作者用的是傳統的隱喻手法，首句"長門"點明作品主題與宮廷有關，皇宮內的柳絲當喻"金枝玉葉"，它們或被人折，或被燕啣，成了"傷心樹"，而"鳳城春"作不了主，保護不了柳絲千縷，意謂皇帝無權，暗含不平之意。或認為"燕"與伯顏的"顏"諧音雙關，可備一說。就這首小令字面的意義看，也可視為一首傷春之作，而且傷心之情甚為深切。在中國古老的《詩經》中，就已出現各種比喻手法，成為傳統，唐宋詩詞中也時有這類作品，元代散曲中則為少見。但此類作品，如果沒有其他記載的佐證，是較難識別的，也不宜無據猜測。

張鳴善

[雙調] 落梅風

詠　雪

漫天墜，撲地飛，白佔許多田地。凍殺吳民[1]都是你！難道是國家祥瑞[2]？

注釋

1. 吳民：吳地的人民。吳：指今江蘇、浙江一帶。
2. 祥瑞：吉祥的徵兆。

串講

漫天大雪從天空墜落，飛舞着撲向大地，白白地佔據和覆蓋了許多田地。凍壞了吳地百姓都是白雪你，難道你是什麼國家吉祥的徵兆嗎？

評析

雪花紛飛，預兆豐年，歷來人們都把飛雪看作是祥瑞，實際上也是人們生活經驗的一種總結。這首小令卻作翻案文章，譴責飛雪害民。如果說古代文學中不乏有同情貧漢窮人在雪天捱餓受凍的筆墨和作品，但像這首小令那樣痛斥飛雪，確實顯得新奇。曲的前三句寫雪的形象，後兩句純是議論，語言樸實無華，但實有含蓄的譏刺。據蔣一葵《堯山堂外紀》載，元末張士誠率義軍佔據蘇州，其弟張士德為了建築園林，搶奪百姓的土地。一日天下大雪，張士德設宴請張鳴善詠雪，作家便有感而發，寫下此曲，據說張士德看後感到慚愧。任中敏在《曲諧》中評此曲說：「此詞鋒利無匹，足令奸邪寒膽，自是快事，尤好在詠雪甚工，無一語蹈空也。」蔣一葵是明人，他的記載源自何處，已難考索。即使他的說法無據，就曲論曲，這首《詠雪》也是諷世佳作。

周德清

［中呂］　滿庭芳

看岳王傳

披[1]文握武，建中興[2]廟宇，載青史圖書。功成卻被權臣妒，正落[3]奸謀。閃殺人望旌節[4]中原士夫[5]，誤殺人棄丘陵南渡鑾輿[6]。錢塘[7]路，愁風怨雨，長是灑西湖。

注釋

1. 披：翻閱。
2. 中興：復興。
3. 落：陷入，陷於。
4. 旌節：古時指朝廷使者所持的符節，這裏代指使節。南宋范成大出使金朝，所作《州橋》詩中說："忍淚失聲詢使者，幾時真有六軍來？"
5. 士夫："老婦士夫"的省略說法，即男女老少。
6. 鑾輿：本指天子的車駕，代指天子。
7. 錢塘：岳飛葬於杭州西湖邊，當時屬錢塘縣。

串講

　　岳飛兼有文武之才，他抗擊金兵，要使宋朝中興，功績載入了史冊。他有大功卻被奸臣嫉妒，他陷入了小人製造的陰謀中。中原淪陷區的男女老少被朝廷拋棄，他們盼望大宋的使節，卻心願落空，從當年朝廷放棄北方的領土，群臣南渡開始，國家大局被耽誤至今。錢塘路上總是風愁雨怨，連青天都為岳飛之死而傷心哭泣。

評析

　　這是一首歌頌岳飛的作品，內容可劃分為四層。開頭三句是對岳飛豐功偉績的稱頌。岳飛在宋寧宗時被追封為鄂王，故稱岳王。第一句是言其才能出眾，第二句說他的貢獻，給國家帶來了復興的希望，第三句說岳飛足以青史留名。“廟宇”本指宗廟社稷，也指朝廷國家，中興廟宇，即中興國家。接下來的兩句為第二層，作者義憤填膺地譴責殺害英雄的奸臣，表現了鮮明的愛國立場。“功成”應指岳飛在朱仙鎮大破金兵一事，“權臣”指秦檜一夥，他們以“莫須有”的罪名殺害了岳飛。“閃殺人”、“誤殺人”兩句為第三層，是作者抒發感慨，他指出了殺害英雄的嚴重後果，導致中原父老盼望南宋軍隊北伐化為泡影，再追溯到宋高宗趙構等人丟棄祖宗陵墓南逃，造成了民族的恥辱。其中“閃殺”、“誤殺”口氣堅決，感情色彩極深，寫出了對苟安求和的上層統治者誤國誤民罪惡的不能容忍之情。最後三句為第四層，借景抒情，寫出了岳飛的遺恨，百姓的憂愁和作者的悲憤。“愁風怨雨”既是移情於物，也是寫天怒人怨。全曲熔敘事、議論、抒情為一爐，一氣呵成，風格蒼涼悲壯，又有深刻的內涵，堪稱佳作。

周　浩

［雙調］折桂令

題《錄鬼簿》

想貞元朝士[1]無多，滿目江山，日月如梭。上苑[2]繁華，西湖富貴，總付高歌。麒麟塚[3]衣冠坎坷，鳳凰城[4]人物蹉跎。生待如何，死待如何？紙上清名，萬古難磨。

注釋

1. 貞元朝士：貞元，唐德宗年號。劉禹錫有詩《聽舊宮中樂人穆氏唱歌》："休唱當時供奉曲，貞元朝士已無多。"這裏借指元世祖、成宗之時，元末人認為這時是元朝盛世，戲曲的繁榮時期。
2. 上苑：本為皇帝遊樂的地方，這裏指元朝大都（今北京）。它與下句的"西湖"即杭州，都是元戲曲家雲集的地方。
3. 麒麟塚：指王侯貴族的墳墓。
4. 鳳凰城：即鳳城，指京都。

串講

仔細想來那些前輩曲家已經寥若晨星，真的是江山依舊，時光如梭。繁華大都，富貴杭州，這兩個地方都是曲家引吭高歌之處。麒麟塚中的衣冠人物身後聲名無聞，鳳凰城的王侯貴族生前也是歲月蹉跎。一個人活着會怎麼樣？死後又會如何呢？作家寫下的優秀作品，卻是萬古流傳難以消磨的。

評析

　　鍾嗣成《錄鬼簿》是著錄元代曲家和雜劇名目的著作，這首散曲是周浩為《錄鬼簿》所作的題辭，作者遐想沉思，讚歎了曲家們的才華與英名，並為雜劇作家與江湖文人的命運遭際鳴不平，緬懷之意與盛衰之感充溢其中。內容可以劃分為兩個部分，第一部分是作家見書生情，聯想到了有才之士及他們的生活與創作活動。“貞元”句借用劉禹錫詩句，意謂早年活躍在劇壇藝苑的名公才人，大都謝世凋零，表達了惋惜與感慨之情。“滿目江山”和“日月如梭”句寄寓了深沉的人生感歎。“上苑”與“西湖”是曲家們活躍的舞台，當時創作的中心，也是王公貴族聚居之地。“高歌”寫出了雜劇作家們投身於戲曲創作的形象特徵。從“麒麟塚”到結尾為第二部分，是作者抒發對人生的思考，並談到了自己的人生價值觀。“衣冠坎坷”和“人物蹉跎”，是說那些在朝中掌權的王侯貴族生前實是虛度時光，死後更屬寂寞無聞，儘管一生與“繁華”、“富貴”相伴，又有什麼值得稱許的呢？結尾幾句最為有力，作者認為人生價值體現於文學事業之中，那些已逝的曲家們的“紙上清名”才會萬古長存，與“江山”、“日月”同輝！這種價值觀有傳統的因素，李白《江上吟》詩中說：“屈平詞賦懸日月，楚王台榭空山丘。”詩人認為，楚王的豪華奢侈，不能長在，只有屈原的詞賦佳作，永遠光輝。只是元代雜劇作家，與屈原還不同，他們在正統文人眼中，沒有地位，因此周浩此曲，更見歷史特點，曲中緬懷被正統文人鄙視的雜劇才士，肯定了新興的通俗文學，眼光獨到，膽識過人，不愧是鍾嗣成的知音。在《錄鬼簿》的自序中，鍾嗣成讚揚"門第卑微，職位不振，高才博識"的已亡名公才人為"不死之鬼"，而那些"酒罌飯袋"，雖生猶死，為"未死之鬼"。周浩此曲語言通俗質樸，極有個性，是元散曲中不可多得的佳作。

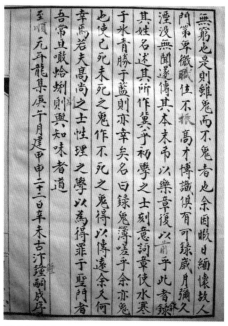

《錄鬼簿》書影

楊維楨

[雙調]夜行船

吳宮弔古（節錄）

[錦衣香]館娃宮，荊榛蔽；響屧廊[1]，莓苔
翳。可惜剩水殘山，斷崖高寺，百花深處一僧
歸。空遺舊跡，走狗鬥雞[2]。想當年僭祭[3]，望
郊台淒涼雲樹，香水[4]鴛鴦去。酒城[5]傾墜，茫
茫練瀆[6]，無邊秋水。

注釋

1. 館娃宮、響屧廊：前者是吳王夫差為西施所建，後者是吳宮
   建築，以梓板鋪地，因西施步繞有聲而得名。兩者遺址都在
   今蘇州靈岩山。
2. 走狗鬥雞：把"鬥雞走狗"成語顛倒着用，指兩種遊戲，屬
   貶意詞。
3. 僭（jiàn）祭：超越本分的祭祀，指祭天一類活動，本應是天
   子所為。
4. 香水：指香水溪，又名脂粉塘，在今江蘇蘇州西南，相傳是
   西施沐浴處。
5. 酒城：相傳吳王夫差祭伍子胥處，在蘇州壇城。

6. 練瀆：即練湖。

串講

吳王夫差為西施所建
的宮殿遺址早被荊棘埋
沒，西施繞步的走廊也已
成廢墟，而且長滿了苔
蘚。我歎惜吳國的一片剩
水殘山，如今只建築着一
座寺廟，此刻一位僧人正
從百花深處緩緩走過。還
有當年走狗鬥雞嬉戲之

楊維楨

處，也只留下了舊跡。吳王超越本分，像天子那樣築台祭祀天
地，今天我在這台址上眺望，只見雲樹淒涼，香水溪中已經沒
有了鴛鴦。我想起了伍子胥的故事，他忠而見棄，被勒令自
殺，吳王卻又去壇城祭他，如今壇城也已傾塌，只有遠處的練
湖，依舊茫茫無邊。

評析

這是楊維楨的著名套曲，明人王驥德《曲律》中說它在明
時"猶膾炙人口"。此套屬南曲，由七支曲相聯而成，[錦衣香]
是第五支曲。全曲感歎春秋時吳越爭戰之事，選擇的角度是吳
王夫差的敗亡。前四支曲主要回顧歷史，從這支[錦衣香]開始，
着重描寫作者面對古跡唏噓憑弔。楊維楨的時代，吳宮早已荒

廢千年，他所面對的也只是後人相傳的遺址，未必是當年之地。但這支曲子寫來十分“逼真”，似乎這裏就是館娃宮，彼處即為響屧廊。“剩水殘山”云云，意為原來吳宮所在的土地，如今斷崖之上，高聳佛寺，“百花深處一僧歸”，意象極佳。至於曲中所寫酒城，實非“酒池”一類，而是夫差祭奠伍子胥的所在——壇城，取臨祭勸酒意，後人謂之酒城。“酒城傾墜”句後，忽然跳躍到更遠處，西望練湖，茫茫無邊。楊維楨推崇唐代李賀，他自己的“古樂府”詩詩風奇詭，常有時空的大轉換和想像的大跳躍，此曲“練瀆”，當指練湖，即今南京玄武湖。在此曲之後的[漿水令]曲中有“台城上，台城上烏夜啼”句，正指六朝禁城即宮城。此曲本寫吳越爭戰，故曲中也寫到了越王，緣何又寫到南京呢？曲家遐思，原不必強解求實，只須體會其總體意境即可，六朝金粉之處，也是興亡淒涼之地，這曲寫來本是十分淒婉的，在楊維楨的詩作中很難找到具有這樣意境的詩歌。

倪　瓚

［黃鐘］　人月圓

傷心莫問前朝事，重上越王台[1]。鷓鴣[2]啼處，東風草綠，殘照花開。悵然孤嘯，青山故國，喬木蒼苔。當時明月，依依素影[3]，何處飛來？

注釋

1. 越王台：在紹興市西南，相傳是越王勾踐的點兵台。
2. 鷓鴣：鳥名，叫聲悲啼，聲似"行不得也哥哥"。
3. 素影：白色的月光，這裏指明月。

串講

　　我不想再問前朝的傷心事，當我重新走上越王台的時候，聽到了鷓鴣悲涼的叫聲，在夕陽殘照裏，綠草野花在風中搖動。我的心中一片惆悵，獨自長嘯，只見青山依舊，故園猶在，喬木參天，蒼苔遍地。只有明月一如當年，還照耀着這一切，她那輕柔的倩影，是從何處飛來的呢？

評析

　　這是一首弔古傷今之作，可能作於元亡之際，作者倪瓚是元代著名文人，與黃公望等為四大名畫家之一。這首小令的一、二句寫因登臨懷古而產生的"傷心"之情，"莫問"傷心，正為傷心。"鷓鴣"三句描寫看到的春景。"鷓鴣"、夕陽的意象與悲涼之情關聯，辛棄疾詞有"江晚正愁餘，山深聞鷓鴣"句。"草綠"、"花開"的春景並沒有讓曲家喜悅。"啼"和"殘"與前面的"傷心"情緒一致。"悵然"三句，由前面的近景變為對遠景的描繪。"悵然"再次點明心境，"孤嘯"句為小令抒情的高潮，傾訴壓抑之氣。"青山"、"喬木"等景致具有壯闊蒼茫之感，"故國"與開頭"前朝"呼應，山河依舊但滿目蒼涼，流露出了朝代興亡之感。結尾情緒稍有緩和，寫景改為仰視，並集中在明月之上，但寫得空靈含蓄，似含有無可奈何之感，亦有江山依舊、人事已非之歎。縱觀全曲，作家情緒不斷變化，時而歎息，時而淒涼，時而激烈，很能吸引讀者。作為一個傑出的畫家，倪瓚這首小令的結尾把深情寄託在明月素影間，含不盡之意，有淡墨山水畫的韻味。

倪瓚像

［越調］ 小桃紅

一江秋水澹[1]寒煙，水影明如練。眼底離愁數行雁。雪晴天，綠蘋紅蓼參差[2]見。吳歌[3]蕩槳，一聲哀怨，驚起白鷗眠。

注釋

1. 澹：同"淡"。
2. 參差：錯落不齊。
3. 吳歌：吳聲歌曲。

串講

一江秋水，水面有淡淡寒煙，江水清澈，伸向遠方，如同長長的白練。眼下離愁湧上心頭，我孤獨地看着飛翔的大雁。雪後天氣晴朗，綠蘋紅蓼，錯落有致，清晰可見。弄舟蕩槳的人們唱起了吳歌，哀怨的歌聲，驚飛了正在睡眠的白鷗。

評析

這是一首描寫江南水鄉秋日景色的作品，其中滲透着淡淡的哀愁。小令用四個畫面構成了一個動人的意境。首先描寫了一江秋水，有淡淡寒煙，水流如練，這是江南水鄉常見之景。次寫長空飛雁，"離愁"為點題之處，作者視線移向高空，飛行的大雁是引起離愁之因，古有鴻雁傳書，這裏也暗含有希望得到離人信息之意。之後又轉向地面的風景，"雪晴天，綠蘋紅蓼參差見”，色調變得明亮起來，白、紅、綠三種顏色對比鮮明。“參差見”寫出秋日景物的多彩。最後的畫面是從聽覺寫起，有樂聲和歌聲，而且歌聲哀怨，驚飛了白鷗，似乎這鷗鳥也不堪怨聲。作者用秋江、征雁、綠蘋、白鷗組成了極富韻致的江南秋景圖，意境優美自然，在清淡明麗的圖畫中，又傳達出幽遠孤獨的傷感情緒，詩情畫意，水乳交融。倪瓚與黃公望、王蒙、吳鎮為元末四大畫家，他的繪畫風格簡淡幽遠，這種風格對他寫作散曲也有影響。

《幽澗寒松圖》（倪瓚繪）

劉庭信

〔中呂〕 朝天子

赴 約

　　夜深深靜悄，明朗朗月高，小書院無人到。書生今夜且休睡着，有句話低低道：半扇兒窗櫺[1]，不須輕敲，我來時將花樹兒搖。你可便記着，便休要忘了，影兒動咱來到。

注釋

1. 窗櫺(líng)：即窗上的格子，舊時在上面糊紙或紗以擋風，這裏代指窗。

串講

　　半夜三更四周靜悄悄的，天上的明月高高照耀，你的書房沒有人來到。書生你今晚不要睡着，有句話要悄悄對你講：那半扉的窗我不再輕輕地敲，到來時我會將花樹兒搖。你可一定記住，可千萬不要忘記了，等看見樹影動就是我來到的信號。

評析

　　這是描寫戀人約會情景的散曲，以女子口氣寫成，寫她主動約會情郎，仔細告知有關情況，實際上反映了封建時代廣大青年男女渴望自由戀愛的心聲。曲中先交代約會的時間、地點。時間是明月當空的夜深之時，地點是書生的小書院，既"小"又"無人到"，正適合戀人約會。之後告訴書生約會暗號的改變，不再是"輕敲""窗欞"，而是搖動花樹。看來這位女子不僅大膽主動，還很細心謹慎。最後是她的反覆叮囑與提醒。從"且休睡着"到"你可便記着"、"便休要忘了"，三次叮嚀，不厭其煩，讓書生一定要緊盯着花樹，可見她的執着追求與熱戀時緊張、興奮的心情。結尾充滿喜悅與期待之情。作品純用口語寫成，通俗質樸，以寫女子的語言為主，雖然沒有正面描寫她的形象，但已經是神情畢現，呼之欲出了。從所描寫的情形看，這位女子應該是一位北方的女子，甚至可能是少數民族如蒙古、女真族的婦女，其思想與言行較少受到封建倫理道德規範的束縛，沒有"非禮勿動"的過多顧慮。曲子風格近於民歌，本色潑辣。劉庭信的創作主要以閨情為主，也有人認為他是女真族作家，他常以俗語入於曲中，受俚曲與戲曲影響較深，而且變用新奇，作品給人一種耳目一新的印象。

湯　式

［雙調］　慶東原

京口[1]夜泊

故園一千里，孤帆數日程。倚篷窗自歎漂泊命。城頭鼓聲，江心浪聲，山頂鐘聲。一夜夢難成，三處愁相並。

注釋

1. 京口：今江蘇鎮江。

串講

離開我的故鄉有一千多里路了，我在船上已度過了數天。靠在船窗邊，我發出漂泊江湖的歎息。城頭上的鼓聲，江心中的水聲，山頂上的鐘聲，同時傳到我的耳中。我一夜無眠，因為這三種聲音引起了我沉重的鄉愁。

評析

湯式這首小令描寫旅外遊子江湖漂泊的惆悵、愁悶心情，有兩個主要特色：一是曲中連續用三個句子寫聲音：鼓聲、浪聲和鐘聲，使全曲卻渲染出冷靜、孤寂的氛圍。詩歌作品中出現的聲響常常起一種“物我轉化”的作用，這首曲子中轉化為愁，所以末句說“三處愁相並”。二是語言通俗，卻呈雅秀，看似信筆而出，卻覺詩意濃鬱，四、五、六句作鼎足對，分明工整凝練，卻顯自然合成，又如論者所說，語面平淡而意蘊深永。論者還引用《中原音韻》中所說的“文而不文，俗而不俗”來評論此曲，確是很能契合的。

蘭楚芳

﹝南呂﹞ 四塊玉

風　情

　　我事事村[1]，他般般[2]醜。醜則醜村則村意相投。則為他醜心兒真，博得我村情兒厚。似這般醜眷屬，村配偶，只除天上有。

注釋

1. 村：蠢，笨。這裏也含有"土裏土氣"之意。
2. 般般：種種，樣樣。

串講

　　我做事總是很笨拙，他各方面也並不出色。雖然我們又笨拙又難看，但非常的情意相投。情郎他相貌難看，但心意真誠，贏得了我這個蠢笨女子深厚的情意。像我們這樣又醜又笨但又真心相愛的一對伴侶，恐怕只有天上才會存在。

評析

　　小令以第一人稱代言體的方式自述男女戀情，十分親切，並且全用俚俗之語，曲子寫男女二人一個生性愚拙，一個其貌不揚，但他們心心相印，情投意合，作品歌頌了以感情為基礎的婚戀觀，表現出衝破世俗的反傳統的思想。此曲一開始自稱"我"，是男還是女，或有不同理解，但解讀為女子更為妥善。這女子自稱"事事村"，表現了她的大膽直率，她中意的情郎是"般般醜"，但她認為對方心靈美善即可，外表並不重要，關鍵是二人"意相投"。兩個"則"字生動地傳達了她高尚純真的追求，表明有主見，不隨俗，當屬難能可貴。接下去寫雙方的愛慕是因為彼此都真誠淳厚，男子的"心兒真"換來了女子的"情兒厚"，他們獲得了和諧甜美的戀情。結尾語含自豪，表現了這位女子與眾不同的個性，"只應天上有"則有蔑視世俗的勇氣。封建社會重男輕女，要求女性自甘卑弱，貞靜溫順，恪守三從四德，婚姻中強調"父母之命，媒妁之言"，講求門當戶對與郎才女貌，本曲卻主張應該注重心靈的交流與相通，無疑否定了封建社會的婚姻觀。從藝術特色看，作品有元曲前期質樸本色的風格，語言直白通俗，全用口語，其中"村"、"醜"二字，不斷重複，反覆吟詠，多次交替出現，但並不累贅拖沓，反而取得了明快鮮活的藝術效果。同時大量使用了襯字，使音律流轉動聽。蘭楚芳為西域少數民族作家，曾任江西元帥，與劉庭信賡和樂章，都有巧用俗語的特點。

無名氏

［正宮］　醉太平

堂堂大元，奸佞專權。開河變鈔[1]禍根源，惹紅巾[2]萬千。官法濫，刑法重，黎民怨。人吃人，鈔買鈔，何曾見？賊做官，官做賊，混愚賢。哀哉可憐！

注釋

1. 開河變鈔：指開浚黃河與變更鈔法兩件事。元末至正十一年黃河決堤，官吏利用治河機會搜刮百姓。之前，丞相脫脫變更鈔法，鑄至正通錢，與寶鈔並用，引起物價飛漲。
2. 紅巾：指元末韓山童、劉福通領導的農民起義軍，因用紅巾包頭，故名。

串講

堂堂的大元王朝，卻讓奸佞之人掌權。他們借治河搜刮人民，又隨意變更鈔法，這些都是朝廷惹禍的根源，引得千萬個紅巾軍造反。靠着權勢和金錢就能獲得官位，他們濫用職權，對百姓嚴刑酷法，人民怨聲載道。人禍天災使百姓難以活命，災民間竟然發生人吃人的事，商舖拒用新鈔，還要用新鈔倒買舊鈔，這種現象以前何曾見到？殺人放火的強盜做了官，做官的所作所為也像強盜，是非不分，善惡顛倒。老百姓叫苦連天，真的是極其可憐！極其悲哀！

評析

　　這首散曲原載元末明初陶宗儀《南村輟耕錄》，或題作《饑奸佞專權》，當寫於元末至正年間，為無名氏作品。作者大膽揭露上層的腐敗，直面嚴酷的社會現實，痛斥權奸，義正詞嚴，對百姓的苦難做了深刻的揭示，預示了"堂堂大元"行將滅亡的歷史命運。曲中直說導致政權衰敗的直接原因，有"奸佞專權"，有"開河變鈔"，以致"惹紅巾萬千"，尤其是開浚黃河與變更鈔法兩件事，埋下了禍根，也就是當時謠語所說，"挑破黃河天下反"。曲中概括種種腐敗現象，敏銳揭示了弊病的深刻根源。官法刑法都有問題，最終逼得百姓走投無路，災荒中甚至有"人吃人"的慘劇發生。"何曾見"體現了作者對上層統治的不滿與對人民的同情。官賊一家，愚賢不分，可謂"亂自上作"。最後作家一聲長歎："哀哉可憐！"對百姓水深火熱的生活寄予同情。藝術上最鮮明特點的是採用了對比手法，將兩種人、兩種命運鮮明尖銳地對照描寫。這首小令可能出自里巷細民之口，《南村輟耕錄》說它"自京師至江南，人人能道之。古人多取里巷人之歌謠者，以其有關於世教也。"一首歌謠，南北聞傳，可見它流行之久，影響之深。

［中呂］ 朝天子

志　感

> 　　不讀書有權，不識字有錢，不曉事倒有人
> 誇薦。老天只恁[1]忒心偏，賢和愚無分辨。折挫
> 英雄，消磨良善，越聰明越運蹇[2]。志高如魯
> 連[3]，德過如閔騫[4]，依本分只落的人輕賤。

注釋

1. 只恁：就這樣。
2. 蹇（jiǎn）：跛足，引申為困頓、艱難。
3. 魯連：即魯仲連，戰國齊人，高蹈不仕，喜為人排解糾紛，
   並拒絕報答，品德可貴。
4. 閔騫（qian）：即閔子騫，春秋時魯國人，是孔子七十二賢
   弟子之一，以性孝有德行著名。

串講

　　不讀書的人卻掌權，不認字的人卻有錢，不明事理的人有
人誇獎推薦。老天就是這樣太心偏，賢明與愚蠢都不會分辨。
英雄必然多磨難，善良的人也意志消沉，越聰明的人反而越倒
霉。縱然你志向高遠如魯仲連，品德過人如閔子騫，像他們那
樣依照本分生活，也只落得讓人輕視蔑賤。

評析

開頭三句開門見山，直接描寫元代反常的社會現象：“不讀書”、“不識字”、“不曉事”的人都稱心如意，擁有權和錢，三個“不”字蘊涵着作者的抑鬱不平之氣。“老天只恁忒心偏，賢和愚無分辨”，兩句為全篇樞紐，質問老天，實是抨擊當局。之後寫英雄、良善與聰明之人的處境，“折挫”、“消磨”、“運蹇”等詞語浸透了對世道不公的不滿。“志高如魯連，德過如閔騫”者也只能飽受白眼。這是一首十分優秀的政治諷刺詩，作者感情激烈，直抒胸臆，或許他就是這“聰明者”中的一員，是個潦倒的失意之人。作品運用了強烈的對比的手法，語言率直，文字簡單俗白，卻給人留下了深刻的印象。如果聯繫《竇娥冤》中的“為善的受貧窮更命短，造惡的享富貴又壽延”的唱詞來認識，再以《范張雞黍》雜劇中的“有錢的無才學，有才學的卻無錢”的曲文作觀照，可以見出這首散曲所作的強烈抨擊，並不是偶然和孤立的。

［雙調］ 清江引

九 日

蕭蕭五株門外柳，屈指重陽又。霜清紫蟹肥，露冷黃花瘦，白衣[1]不來琴當酒。

注釋

1. 白衣：古時稱沒有功名的人為白衣，這裏指差役。

串講

　　門外的五株柳樹聳立在蕭蕭秋風之中，很快重陽節又到了。這時已是白露為霜，蟹肥黃花瘦的時節，如果我的做官的朋友不派差役送酒給我，那我就彈琴為樂，權當飲酒了。

評析

　　這首小令描寫陶潛，也可解讀為代古人之言，據南朝宋代檀道鸞《續晉陽秋》載：陶淵明辭官居家時，有一年重陽節思飲而無酒，於是摘菊盈把，坐在菊花叢旁良久，恰刺史王弘派差役送酒來，於是開懷大飲，醉而後歸。這首曲子把摘菊改寫成彈琴，都屬雅事。代古人立言，實是吐露作者心曲，描寫了士子雖窮而雅，同時也可代表隱士的心聲。

［雙調］　清江引

詠所見

　　後園中姐兒十六七，見一雙蝴蝶戲[1]。香肩靠粉牆，玉指彈珠淚，喚丫鬟趕開他別處飛。

注釋

1. 戲：嬉遊，這裏形容蝴蝶雙飛。

串講

一位十六七歲的姑娘在後園中見到蝴蝶成對飛舞，她的肩膀倚靠着粉牆，睹物思情，拭着眼淚，教丫鬟去趕走蝴蝶，讓它們到別處去飛。

評析

這首小令題作《詠所見》，當可解釋為作者的所見，但又未必真是實地所見，而是虛構、想像的景象，實際上又是從傳統的"閨思"主題中脫化出來的作品。元人元淮有一首《春閨》詩："杏花零落燕泥香，閒立東風看夕陽。倒把鳳翹搔鬢影，一雙蝴蝶過東牆。"寫一位少婦思念遠出的丈夫。把它與這首小令相比，主題相似，但詩與曲的不同特色一目了然，曲的末句雖然也講究含蓄，但純是口語，也是曲語。

［雙調］ 水仙子

> 打着面皂雕旗招颭[1]忽地轉過山坡，見一火[2]番官唱凱歌，呀來呀來呀來呀來齊聲和。虎皮包馬上馱，當先裏亞子[3]哥哥。番鼓兒劈飆撲桶[4]擂，火不思[5]必留不剌撲[6]，簇捧着個帶酒沙陀[7]。

注釋

1. 颭（zhǎn）：風吹物體，使之顫動。
2. 火：同"夥"。
3. 亞子：晉王李克用的兒子李存勖的小名，五代後唐王朝的建立者。
4. 劈飆（biao）撲通：象聲詞，形容擂鼓的聲音。
5. 火不思：一種形似琵琶的樂器。
6. 必留不剌撲：形容彈奏"火不思"時發出的聲音。
7. 沙陀：中國古代少數民族部族名，屬西突厥的別部，又叫沙陀突厥。這裏指晉王李克用。

串講

　　打着面繪有黑色雕鷹圖案的旗幟，它隨風飄動，隊伍突然就轉過了山坡，看見一夥沙陀部的軍官唱着凱歌，"呀來呀來"的聲音傳來，手下人也齊聲唱和。他們騎在馬上，穿着虎皮做成的衣服，走在最前面的就是亞子哥哥，鼓也咚咚地擂響了，火不思"必留不剌撲"地彈奏起來，大家前呼後擁着那個帶酒的沙陀頭領李克用。

評析

　　這篇作品的題材別有特色，選取的是北方少數民族——突厥的別支沙陀族的野外軍旅生活，刻畫了他們勝利歸來的熱鬧場面。描寫由遠而近，讀者先看到的是他們打着的軍旗，旗上有黑色雕鷹的圖案，在風中飄動着。"忽地"表現騎馬速度之快，他們已轉過山坡，這時可看出是一夥軍官。四次出現"呀來"聲，那是唱凱歌時的"齊聲和"。或是一人唱，眾人和，或是軍官們唱，兵士們和，十分熱烈。接着，描寫的鏡頭又迫近到了裝束，他們"虎皮"在身，與開頭的"雕旗"一樣，表現出威武勇猛的民族性格與尚武精神。"當先裏亞子哥哥"，這一稱呼的出現象徵着一個特寫鏡頭的推出，原來走在前頭的是那位李存勖。接着在擊鼓和奏樂中，前呼後擁下，最重要的人物出場，就是"亞子哥哥"的父親晉王李克用，他還帶着酒意，看來他為這次勝利已經飲酒慶賀了。此曲最大特色就是具有濃郁的北方草原民族文化特徵，無論從描寫的對象，還是語言的使用，都與漢族作家作品風格不同，其粗獷之美與清麗之作相比，自有其獨特魅力，令人耳目一新，不禁生出讚歎之情。李克用父子的故事在北方流傳很廣，有好幾本雜劇都寫他們的事蹟和傳說，在散曲中還有一篇[越調·柳鶯曲]《晉王出寨》也寫這個故事。

[雙調] 山丹花

昨朝滿樹花正開，蝴蝶來，蝴蝶來。今朝花落委蒼苔[1]，不見蝴蝶來，蝴蝶來。

注釋

1. 委蒼苔：委，花卉憔悴。這裏也可釋為"棄"。委蒼苔，指地有蒼苔。

串講

　　昔日滿樹花開時，成群蝴蝶紛紛飛來，今天花朵已經都掉落在地，再也不見蝴蝶成群飛來。

評析

　　花開蝴蝶來，花謝蝴蝶去，這是自然界中的常見現象，但作者寫來當有寓意，論者稱它是寓言式小令。它通過"昨朝"與"今朝"，花開與花謝時蝴蝶的不同表現，通過鮮明的對比，隱含着人情冷暖與世態炎涼的無聲慨歎。作者無疑是用對比與象徵手法揭示主題，明寫自然現象，暗諷社會世相。至於這社會世相，可作廣泛解讀，不必拘泥於具體指實。也有一種看法，認為此曲寫棄婦，寫愛情悲劇中人，此可備一說。按照《九宮大成》編者的說法，此曲末尾"蝴蝶來"三字不應再作疊句。《九宮大成》為清人所編，即使末尾不當疊句之說有據，但此曲中"蝴蝶來"三字兩疊四見，勢在必行，突破曲律後，民歌色調也就更濃了。

［越調］　天淨沙

　　上官[1]有似花開，下官[2]渾似花衰。花謝花開小哉[3]，常存根在，明年依舊春來。

注釋

1. 上官：上任做官。
2. 下官：離任去官。
3. 小哉：這裏意為小事。

串講

　　做官的人上任像花開，罷官像花敗。花謝花開是小事，只要根柢常在，明年春天還會再來。

評析

　　這首小令頗像民間歌謠，曲中以花開花落比喻做官與罷官，別出心裁，別具一格。通常可以作這樣解讀：表現一種開朗、豁達的胸懷，無論做官還是罷官，都同自然界的花放花謝一樣平常，不必十分介意，春天每年都要來臨，機會也就常在。這同俗諺所說的留得青山在，不怕沒柴燒一樣，作為一項人生經驗，它們相通而類似。但也可以另作解讀，所謂"根在"的"根"，或指官員得以上任的"根"，即"靠山"，只要"靠山"不倒，依舊可以復官上任。那麼，此曲就屬諷世之作了。

［越調］　小桃紅

情

　　斷腸[1]人寄斷腸詞，詞寫心問事。事到頭來不由自，自尋思，思量往日真誠志。志誠是有，有情誰似，似俺那人兒。

注釋

1. 斷腸：極度思念或極度悲傷。

串講

十分想念你的人來寄這十分想念你的詞，詞中寫的都是我的心事。為什麼好事總是多磨，有不少事情常常不能由自己作主？我正尋思、回憶我們往日的真誠相愛。如果要問誰最志誠，誰最有情，那就是我的心上人——你。

評析

這首曲子的格式比較特殊，叫"頂真（針）格"，也名"頂真續麻格"，上句的末一個字與下句的第一個字一定要相同，因為是以同一字相頂相聯，所以又叫"聯珠體"。

周德清《中原音韻》選錄此曲，作為"定格"範例，評語說："頂真妙，且音律諧和。"就曲意看，代女主人公立言，着意頌揚志誠的愛情。她滿意地說她的心上人既有志誠又有情。元雜劇中常把著名愛情故事中的男主角稱作"志誠種"，前人評論王實甫《西廂記》中的張生形象，也曾用"志誠種"三字來作說明，若與這首散曲相互觀照，就更可明瞭為什麼"志誠種"是一種人物典型。

［商調］ 梧葉兒

秋來到，漸漸涼，塞雁[1]兒往南翔。梧桐樹，葉又黃，好淒涼。繡被兒空閒了半張。

注釋

1. 塞雁：猶北雁。塞，指邊塞，這裏借指北方。

串講

秋天天氣逐漸轉涼，北雁向南方飛翔。梧桐葉也發黃飄落，真是一派淒涼。我的一床繡花被經常空着半張。

評析

這首散曲與民間歌謠幾無區別，第一、二句和四、五、六句幾乎就是“順口溜”，也像兒歌的格式。如果僅就前六句而言，只是用極其通俗的語言在敘說秋景和秋景的淒涼，而且這秋景也很平常：雁兒南飛和梧桐葉落。但末句一出，全曲頓悟，原來前六句只為這末句“服務”，這末句也就是人們常說的“詩眼”，“繡被兒空閒了半張”，說到底這是一首相思曲。接着人們也會發現，前六句是那麼的俗白，而這末句卻顯得含蓄（曲語的含蓄），也就交滙而形成這支小令的總體藝術特色。

金水橋陳琳抱妝盒

第二折

［南呂］ 牧羊關

我抱定這妝盒子，便是揣着個愁布袋。我未到宮門，早憂的我這頭白。盒子裏藏的是儲君[1]，我肚皮裏懷的是鬼胎。雖不見公庭上遭橫禍，赤緊[2]的盒子裏隱飛災。承御[3]也，你辦着[4]個喜溶溶笑臉兒回還去，卻教我將着個磣磕磕[5]惡頭兒[6]掇過來。

注釋

1. 儲君：即太子。
2. 赤緊：要緊。
3. 承御：指宮女寇承御。
4. 辦着：扮着。
5. 磣磕磕：混亂、諠鬧狀。這裏為引申義，指不好的名聲。
6. 惡頭兒：意為首惡之人。

串講

我抱住這隻妝盒，好像揣着一個裝滿了憂愁的布袋。我還沒有走到宮門口，好像頭髮已經愁得發白。這盒子裏藏着小太子，我肚皮裏卻懷着個鬼胎，總是感到害怕。目前雖然還沒有橫禍到身，但是這盒子裏隱藏着禍災。寇承御裝着笑臉兒回去了，我這裏卻把一場大災難拾了起來，少不了會把我當作沸沸揚揚的首惡來辦。

評析

《抱妝盒》描寫宋真宗宮闈故事。劉皇后聽說李美人生子，陰謀陷害，她派宮女寇承御去假傳聖旨，抱出嬰兒，把他殺死，丟在金水橋下。寇抱走嬰兒，但不忍殺害，恰遇內史陳琳抱着妝盒去採果，二人商量後，將嬰兒放在妝盒內，由陳琳送到楚王趙德芳處。寇承御撞階石而死。嬰兒長大即位，是為仁宗，最後真相大白。此劇是後世流傳的狸貓換太子故事的第一

山西運城西里莊元墓戲曲壁畫

代作品。劇中所寫后妃之間傾軋鬥爭、陰謀陷害事件是歷史上常見的宮闈內部矛盾，此劇故事雖於史無徵，卻也有其藝術真實。就劇本情節而言，第二折寫來最有戲劇性，這首[牧羊關]是第六支曲，描寫陳琳打算出宮去往楚王府時的忐忑不安心情，開首二句就言愁多，接着又以“頭白”加深愁重之意。五、六句與七、八句屬對仗句，還是寫愁多憂重。末尾三句又深化愁意，思忖着災難如何來臨。在此曲之後，劉皇后出場，起疑盤問，陳琳巧妙應對，寇承御謊傳聖旨，命劉皇后回宮，陳琳終於脫身，去往楚王府中。這支曲子是表現陳琳外表安詳，內心緊張，屬今人所謂“內心獨白”。論者認為，此曲以物類情，變無形為有形，並以相反事物對比，造成強烈反差，手法十分高明。如果從曲文風格上看，本色當行，與後期作家秦簡夫作品的風格相似。